Ein junger spanischer Maler flieht vor den Ansprüchen seiner gutbürgerlichen Familie nach Paris und steht dort vor dem Nichts. Er hat keinen Job, kein Geld und weiß nicht wohin, als er Michel kennenlernt, einen Arbeiter Mitte fünfzig, dessen Vitalität ihn fasziniert und anzieht. Sie verlieben sich, Michel nimmt ihn auf, in seine Wohnung, sein Bett, sein Leben. Am Anfang sind sie nur glücklich und genießen die nächtlichen Streifzüge durch die Kneipen und durch das lichte Paris. Aber irgendwann erinnert sich der junge Mann daran, dass er noch andere Ambitionen hat. Auch der Alters-, Bildungs- und Klassenunterschied macht sich bemerkbar, und die Liebe kann diese Unterschiede nicht besiegen, nicht, wenn sie so besitzergreifend ist wie die Michels.
Es ist die tröstliche Kraft der Liebe, ihre erlösende Kraft, auch wenn sie nicht alles überwindet, die diesen Roman zu einem Juwel macht und die große sprachliche Kraft von Rafael Chirbes noch einmal leuchten lässt.

Rafael Chirbes wurde 1949 in Tabernes de Valldigna geboren. Er verließ früh den Ort seiner Kindheit und lebte u.a. in Salamanca, Madrid und Barcelona, später einige Zeit in Paris und Marokko. Nach dem Studium arbeitete er als Literatur- und Filmkritiker. Schon bald wurde er einer der international bekanntesten spanischen Autoren.
Für »Krematorium« (2008) und »Am Ufer« (2014) erhielt er jeweils den spanischen Nationalpreis der Kritik. »Paris – Austerlitz« ist der letzte posthum veröffentlichte Roman des spanischen Schriftstellers. Zuletzt lebte Rafael Chirbes zurückgezogen in Beinarbeig bei Alicante, wo er 2015 starb.

Rafael Chirbes bei btb
Am Ufer. Roman (74910)

Rafael Chirbes

Paris – Austerlitz

Roman

Aus dem Spanischen
von Dagmar Ploetz

btb

Ich scherzte, pflaumte ihn an, lachte, während wir über den Kiesweg gingen. Er machte das Spiel mit. Suchte nach irgendeiner lustigen Anekdote, die uns beide betraf. Seine tappenden Schritte wurden lebhafter. Wenn ich ihn nachmittags im Hôpital Saint-Louis besuchte, schien sich die Wunde, die unser Auseinanderleben gerissen hatte, zu schließen *(maintenant, on s'aime comme des bons amis)* und sogar die Krankheit in einem Schwebezustand zu verharren. Eine Aureole der Harmlosigkeit breitete sich zwischen den Strahlen der Wintersonne aus, die wir auf einer Bank im Garten genossen hatten. Kam aber der Augenblick des Abschieds, pflanzte er sich reglos vor der Tür auf und starrte mit wässernden gelblichen Augen ins Leere. Wir wussten beide, die Waffenpause war vorbei: Weder verzichtete das Leiden auf seine Arbeit, noch sorgten meine Besuche für Trost. Wie seine Freundin Jeanine sagte: Er leidet, wenn er dich sieht, du bringst die Erinnerungen mit dir, streust Salz in die offene Wunde. Ich ging, ohne den Kopf zu wenden, strebte in eine der Bars an der République und trank mehrere Calvados.

EINS

SPÄTNACHTS GING ICH IN DIE BAR der Marokkaner. Dort war ich oft mit ihm gewesen. Jetzt aber gehörte Michel nicht mehr zu den wenigen Gästen, die zu dieser Stunde noch tranken. Er war in eine Parallelstadt gezogen. Von der Küche meiner Wohnung aus sah ich den schlecht beleuchteten Hof und hinten, in Schatten getaucht, das Fenster des Zimmers, das wir geteilt hatten. Ich versuchte, nicht an ihn zu denken, der zu dieser Zeit im Krankenhaus lag, den Zugang des Tropfs in seinen Handrücken gebohrt, die Atemmaske über dem Gesicht. Trotz der Beruhigungsmittel, die man ihm zuführte – oder wegen dieser –, hatte er Albträume. Er sagte, man fessele ihn ans Bett und zwinge ihn, schreckliche Dinge auf einem Bildschirm zu betrachten, den man nachts in sein Zimmer stelle. Er litt an Halluzinationen. Was sollten sie ihm schon vorführen, klagte er doch gleichzeitig darüber, kaum etwas sehen zu können; den Verdacht, dass an der Geschichte mit dem Fesseln etwas dran gewesen sein mag, bin ich allerdings nie losgeworden. Ich kann mir vorstellen, dass es – vor allem zu Anfang – nicht leicht gewesen sein dürfte, mit seinen Wutattacken fertigzuwerden;

außerdem behandeln viele Pfleger die von der Plage Befallenen mit einer Mischung aus Ekel, Grausamkeit und Verachtung. Das geheimnisvolle Auftreten des Übels, seine Heftigkeit, bringt uns alle aus der Fassung. Macht uns allen Angst.

Keiner in der Bar richtete das Wort an mich, trotz meiner Bemühungen, ein Gespräch anzuknüpfen. Sie betrachteten mich mit Misstrauen, vielleicht weil sie mich, der dort immer in Jeans, Lederjacke oder Anorak auftauchte, sonst auf der Straße, bei der Rückkehr von der Arbeit, in der Schlange beim Bäcker oder vor dem Gemüsestand, stets in einem förmlichen blauen Tuchmantel, mit Weste und Krawatte sahen; einen Typen, der ein im Lycée français von Madrid erlerntes und dank bezahlter muttersprachlicher Lehrer und Sprachkurse in Bordeaux und Lausanne geschliffenes Französisch sprach, fanden sie in ihrer Bar wohl nicht spaßig. Sie hielten mich für einen Polizisten vom Rauschgiftdezernat oder der Immigrationsbehörde; ein Schnüffler, der hier die Nase hereinsteckte, um Stoff aufzuspüren, wo auch immer sie ihn versteckten; im besten Fall vermuteten sie einen Journalisten oder etwas in der Richtung, einen, der wenig mit ihrer Welt zu tun hatte oder – schlimmer noch – zu denen gehörte, die sie bekämpften. In jener diskreten, abseitigen Bar, von den meisten Leuten aus dem Viertel gar nicht wahrgenommen, weil sie in einer kleinen Seitenpassage lag, wurde nicht nur Kokain und Haschisch, sondern auch Menschenfleisch jeden Geschlechts oder Alters konsumiert, gekauft und verkauft sowie Arbeitskraft in allen Spielarten der Illegalität gehandelt. Sie mussten sich zwangsläufig fragen, was ein Typ wie ich in diesen dunklen Labyrinthen, in denen sich Michel in den letzten Monaten verlor, zu suchen hatte. Der gut gekleidete Junge, der den betrunkenen Arbeiter Michel begleitet. Der den betrunkenen Michel fickt. Der ihn sicherlich bezahlt, ein verderbter Reicher, der sich an Gestrandeten aufgeilt. So was gibt es. Sie gehen in den Tunneln der Metro, an den Flusskais auf Witterung. Ein guter Teil der katholischen Heiligenlegenden nährt sich von dieser Sorte von Perversen. Dass dich die Armut der anderen erregt, dass du unter der glimmenden Asche, wo sich die Niederlage erfüllt hat, noch ein Restchen der ursprünglichen Energie entdecken und aufsaugen willst, diesen Funken in Besitz nimmst: eine verkommene Barmherzigkeit. Obwohl ich mir vorstelle, dass die Leute in der Bar weit einfachere Schlüsse zogen: der Informant, der sich an Michels Fersen heftet, um uns auszuspionieren.

Sie hatten wiederholt mitbekommen, wie ich ihn unterm Arm packte und mehr oder weniger wegschleifte, weil er torkelte, stürzte und unverschämt zu Gästen wie Kellnern wurde. Dennoch, ihn betrachtete keiner mit Misstrauen, sie ertrugen seine Besäufnisse, erwiderten seine Flüche mit Späßen oder doppeldeutigen Bemerkungen, was hast du Michel, brauchst du heute Nacht einen ordentlichen Stoß? Komm mal her, komm schon, ich kenn da einen Feuerwehrmann, den stell ich dir vor, und Michel lachte, klopfte dem Witzbold auf den Nacken, gab ihm zwei Küsse, und der Kerl verschwand irgendwohin mit ihm. Manchmal ließ ihn der Inhaber oder der Kellner auch nach Ladenschluss noch an einem Tisch hocken, besoffen oder schlafend, und die Gäste weckten ihn, forderten ihn auf, mitzukommen, woanders weiterzutrinken oder was auch immer, sich in den Schatten vom Bois zu verlieren oder bei jemandem in der Wohnung. Ich glaube, in der Welt der Nacht gibt es so etwas wie Respekt – sogar eine gewisse Bewunderung – für einen reifen Mann, der sich die Nacht um die Ohren schlägt, jemanden anbaggert, Alkohol und Drogen nimmt, als wäre er immer noch zwanzig. Was sie bei jedem anderen geärgert hätte, sie dazu gebracht hätte, hart oder gar gewalttätig einzugreifen, wurde bei ihm geduldet. Wer ihn nicht kannte, hätte meinen können, er gehöre zur Riege der Schläger; dass er einer von jenen war, die sich ein Extraglas damit verdienten, den Idioten, der unverschämt zum Kellner oder zum Thekennachbarn wurde, unter den Armen zu packen und zur Tür zu schleifen. Er war in seinem Alter immer noch ein korpulenter Kerl, der eher den Eindruck von Kraft als von Verfall vermittelte.

Doch Michel gehörte nicht zur Schlägertruppe. Er verachtete sie. Er bewegte sich am Rande, man grüßte ihn mit einem gewissen Respekt, aber er ging durch sie hindurch wie Garou-Garou, jene Figur aus dem französischen Kino der Fünfzigerjahre, der durch Wände ging. Er genoss nicht einmal einen besonderen Status – mächtiges Fleisch, gefürchtet oder begehrt, so etwas – wie ich, wohl getrieben von Eifersucht, damals gedacht haben mochte. Nur, Michel war weder reich noch Informant der Polizei und auch kein Journalist: Er war einer von ihnen. Jeder weiß, wo der andere steht und was er so treibt, erklärte er mir, als er mich, kurz nachdem wir uns kennengelernt hatten, dorthin mitnahm. Dir kommt das Ambiente nicht eben elegant vor, ja sogar gefährlich, ha, *louche* nennst du das, und es wird dir bange: *Monsieur ne les trouve pas a la hauteur,* aber das ist meine Welt. Von einem, der so ist wie du, hast du nichts zu befürchten, du nutzt ihn nicht aus, weißt, wie du dich vor ihm schützt, und schützt ihn in gewisser Weise auch: Du fickst ihn, und das war's.

Und dennoch, keiner fragte mich nach ihm, als er nicht mehr dort auftauchte. Er war unter uns und kommt nicht mehr: In einem Satz dieser Art ließe sich die Vorstellungswelt (um es so zu nennen) dieser gleichgültigen Lotophagen zusammenfassen. Vincennes macht den Eindruck eines ruhigen Viertels, bewohnt von gut bestallten Arbeitern, Nachbarn in dritter oder vierter Generation,

Rentnern, die die Zinsen zehntausender Stunden eines Arbeitslebens aufzehren; und ganz oben auf der Pyramide eine Bourgeoisie, die sich für gefestigt hält und deren herausgeputzte Mitglieder – dickbäuchiger Herr mit weichem Hut und Fliege, imposante Matrone oder *petite vieille recroquevillée,* in Dior gekleidet und mit Chanel geschminkt (oder umgekehrt) – in hochtrabendem Stil Bäcker, Gemüse- und Käsehändler und Bankangestellte begrüßen. Kennt man das Viertel aber, wie ich es in den vergangenen Monaten kennengelernt habe, entdeckt man, diskret verborgen, nicht wenige Schattenzonen: Beulen des Elends, die sich in Speichern und Höfen konzentrieren, in ehemaligen Lagerräumen, Ställen und Werkstätten, deren Räumlichkeiten zu zweifelhaften Wohnungen hergerichtet wurden; dort drängen sich asiatische oder nordafrikanische Familien, Rentner vor dem Aus, die kaum mehr die Heizung zahlen können, Leute auf der Kippe, Typen, die von den Schatten geschluckt und von keinem vermisst werden. Michel: *Paris c'est comme ça, chacun pour soi.* Die Menschen auf der Flucht nach oben sind die Ausnahme: jene, die auf der sozialen Stufenleiter hochklettern und in besser beleumdete Stadtviertel ziehen, in die Wohnsiedlungen im Westen und in die restaurierten Wohnungen im Zentrum. Es gibt ein paar von dieser Sorte, das bestreite ich nicht (fast hätte ich dazugehört), doch die meisten aus dem Viertel Verschwundenen sind Kerle im freien Fall, die fensterlose Löcher oder Buden mit einem Fenster zum Hinterhof und einem gemeinsamen Klosett auf dem Treppenabsatz räumen mussten, Menschen, die an irgendeinem elenden Ort in der Banlieue oder in den Gängen der Metro verloren gehen. Genau so, mit einem einzigen Fenster zum feuchten Hinterhof und gemeinsamem Klosett auf dem Treppenabsatz, war die Wohnung von Michel. Das heißt, nein, ich übertreibe, Michels Appartement war nicht ganz so schäbig, das Klosett war zwar tatsächlich auf dem Treppenabsatz, aber es war nur für ihn da, die Treppe führte zu keiner anderen Wohnung: über jenem im Hof gelegenen Schuppen war nur noch das Dach, im Winter eine Kühlplatte, im Sommer ein Grill. Nachts konnte ich vom rückwärtigen Teil meines Hauses – dunkler Schatten, erblindetes Auge – das Fenster seines Zimmers sehen. Bevor er dauerhaft ins Krankenhaus kam (zuvor war er drei- oder viermal zur Behandlung seiner Lungenentzündung eingewiesen worden), hatte er mir einen Schlüssel hinterlassen, und in den ersten Wochen seines Krankenhausaufenthalts betrat ich erneut dieses Zimmer, goss die Pflanzen, holte ein Kleidungsstück, um das er gebeten hatte, und die Post: Rechnungen, Reklame, Bankauszüge.

Damals begann ich an Schlaflosigkeit zu leiden. Ich spürte ein Kribbeln in Armen und Beinen, Juckreiz, und in einer Nacht dann, als ich mich auszog, entdeckte ich lauter rosa Flecken auf meiner Brust und meinen Armen. Ich dachte, Michel habe mich mit seiner Krankheit angesteckt. Besonders angstvoll war nun der Moment, wenn ich, allein im Zimmer, ins Bett gehen wollte und beim Ausziehen nach und nach die Hautflecken in den Blick gerieten. Vor dem Spiegel im Bad musterte ich diejenigen, die auf der Brust sprossen, dann drehte ich den Oberkörper und versuchte, in schiefer Haltung jene auf dem Rücken zu sehen. Ich traute mich nicht zum Arzt, wusste auch nicht, wen ich, ohne Verdacht zu wecken, fragen konnte, ob es irgendein Labor gab, wo ich mich, ohne dass dort ein Vermerk verblieb, testen lassen konnte. Ich vertraute nicht, vertraue noch immer nicht, der Diskretion der Ärzte und ihrer Schweigepflicht: Es heißt, die Kranken sollen in besondere Karteien eingetragen werden. Auf den rosa Flecken bildeten sich Pusteln, die aufbrachen und klebrige Eitertropfen absonderten.

In jenen Tagen ging ich ihn nicht besuchen. Ich wollte nichts von ihm wissen. In meiner Obsession glaubte ich zu sehen, wie seine Lippen sich zu einem ironischen Lächeln bogen, hörte seine Stimme: Ich hab dich gefangen, und der Mund, den ich mir beim Aussprechen dieser Worte vorstellte, bekam etwas spürbar Fleischiges, Reales und wurde in den Nächten zu einem Bild aus einer Horrorgeschichte. Ich nehm' dich mit, wiederholte Michels Mund in meinen Träumen. Seine Finger krallten sich in meine Schultern, zerrten an mir, und ich wachte schweißnass auf, schlug um mich, um das Gespenst zu vertreiben. *Je t'ai.* Ich hab dich. Jedes Mal, wenn ich mich an die Worte erinnerte, mit denen er nach unserer Trennung damit prahlte, keine Vorkehrungen zu treffen, wurde ich wütend auf ihn. Er spottete über mich. Brüstete sich damit, das Risiko einzugehen, weil er wenig zu verlieren habe *(je m'en fous, je n'ai a perdre que de la merde, je suis un ouvrier, le passé sur mon dos, peu des gaietés, toi, tu as ton futur à toi)*, und er warf mir an den Kopf, ich hätte mich ihm nie wirklich hingegeben. Immer mit Verhütung, mit Argwohn, du weißt ja gar nicht, was es heißt, jemanden zu lieben, warf er mir vor. Er sagte das halb hochmütig, halb sentimental bettelnd. Aber er hatte recht: Ich schütze mich, ich bin noch nicht dreißig, und außerdem glaubte ich in jenen Tagen, allmählich die Früchte meiner Arbeit zu sehen, ich ahnte jenen Moment voraus, an dem die dauerhafte Anstrengung Form gewinnt, zu kristallisieren beginnt. Ich hatte eine Stelle als Zeichner bei Cormal bekommen, einer Firma für Möbel und Inneneinrichtung. Nichts Großartiges, aber ich meinte, da öffne sich ein Weg. Zudem hatte ich mit der Zuwendung aus Madrid mehr als genug zum Leben. Vor allem aber bereitete ich meine Ausstellung vor.

In keinem Augenblick dachte ich, dass ich ihn angesteckt haben könnte. Tatsächlich sah ich die Infektion als

Folge seiner Haltung zu den Dingen. Ich dachte: Das Übel ergreift dich, wenn du dich gehen lässt, dich auslieferst. Das habe ich gedacht. Und mich ärgerte die Willfährigkeit, mit der er sich hatte packen lassen, dass er es der Krankheit so leicht gemacht hatte. Es schien mir, er habe keinen Widerstand geleistet: und wenn ich das sage, meine ich nicht nur physische Schutzmittel, den Gebrauch von Präservativen oder Ähnliches. In jenen Tagen wollte mir der Gedanke nicht aus dem Kopf, dass dieses Übel im Grunde Ausdruck von mangelndem Ehrgeiz, ja sogar von fehlendem Stolz sei. Ich urteilte hart über Michel: ein Typ, dessen Ambitionen nicht weitergingen, als die Rente am immer selben Arbeitsplatz zu erreichen; dem es genügte, wenn der Lohn bis Monatsende und zum Ausgehen mit dem Freund am Wochenende langte; der zufrieden damit war, durch die Stadt zu streunen mit dem Vorwand, etwas Notwendiges für den Werkzeugkasten zu finden, in diesem oder jenem Park zu spazieren oder allenfalls gemeinsam im Zug zu irgendeinem von Paris nicht allzu entfernten Ort zu fahren, nur um ein paar Gläser zu trinken, dabei (alle zwei Monate, samstags oder sonntags) die Szenerie zu wechseln; ins Kino zu gehen, in einen Animierclub, zu einem Abendessen bei Jeanine oder seinem Freund M.; einen Monat im Jahr abzuhauen (diesen Sommer geht es nicht, aber im nächsten machen wir das) an einen angeblich exotischen Ort (Mexiko, Indonesien, Peru), so wie es seine Freundin Jeanine machte, die in einem Reisebüro arbeitete und uns billige Angebote verschaffen konnte; gemeinsam dann – diesen Monat und die nächsten elf – so viel Ricard oder, außerhalb von Paris, Pisco oder Tequila zu trinken, wie unsere Körper zuließen; trinken und lachen, sich berühren, Liebeserklärungen abgeben, die mit steigendem Alkoholpegel immer feuriger wurden, oder, wenn wir uns eine Linie genehmigt hatten, nach Hause kommen und stundenlang vögeln, oder, wahrscheinlicher noch, uns bei dem Versuch endlos auf dem Bett übereinander wälzen, bis wir einschliefen, weil die vergifteten Körper nicht mehr hergaben.

Das Schlimmste war, dass er mich in diese ziellose Routine mit hineingerissen hatte, ein reines Kreisen des einen um den anderen, ein gegenseitiges Verschlingen bei immer weniger Appetit. Einige Monate lang hatte ich sogar geglaubt, dass mein Lebensideal mit dem seinen übereinstimme: gemeinsam alt werden im Planschbecken der Gewohnheiten; wenn er, sagen wir mal, gut zwanzig Jahre und mehrere tausend Gläser vor mir hinfällig würde, setzte das in unserem Pakt voraus, dass ich bereit war, ihn bis zum letzten Atemzug zu pflegen. Ich schwöre, dass ich diesen Pakt eingegangen bin und Lust daraus zog, obgleich ich zugeben muss, dass sich im Laufe der Monate mein Standpunkt über seine Welt – oder, besser gesagt, meine Sicht auf uns und unsere Welt – grundlegend änderte: Ich begann, Michel als eine gefangene Kreatur zu sehen, die mich zu sich in den Käfig stecken wollte. Wenn er vom Krankenhausbett aus die Hand zu einer Berührung ausstreckte, den Blick voller Verlangen, meinte ich, bei ihm den wahnwitzigen Anspruch zu erkennen, von dem wir in Gruselgeschichten lesen, in romantischen Romanen und in den von den Surrealisten geschätzten Phantasmagorien: der Wunsch nach Liebe, die den Tod überdauert.

Ich besuchte ihn einige Tage lang nicht. Ich spürte keine Kraft in mir, ihn aufzumuntern, ihn, der schließlich schon den halben Leidensweg hinter sich hatte, den ich, davon war ich überzeugt, einzuschlagen hatte, sobald ich die Laborergebnisse bekam. In meinen Albträumen sah ich die Flecken wachsen, sich entzünden, zu Schwären entwickeln, die ich nicht vor meinen Arbeitskollegen bei Cormal verbergen konnte; in den schlaflosen Nächten machte ich mir Sorgen über meine zunehmende Magerkeit. Es fehlten noch Monate bis zur Vernissage. Bis dahin würden die Symptome des Übels offensichtlich sein. Monatelang hatte ich Fotos vom Kaposi-Sarkom in den Zeitschriften gesehen, jetzt lernte ich es live kennen: Ich konnte es an mehreren Patienten studieren, denen wir bei unseren Gängen durch die Krankenhausflure begegneten; in der gespenstischen Ansammlung von Körpern in den Nachbarzimmern oder in Michels eigenem, an den zwei

Betten, die in wenigen Wochen bereits drei- oder viermal neu belegt worden waren (der Mann, den du bei deinem letzten Besuch gesehen hast, hatte Glück und einen tüchtigen Virus erwischt, der hat ihn in ein paar Wochen um die Ecke gebracht, sagte Michel. Er sprach von den Viren wie Gefolterte vom guten und vom bösen Polizisten sprechen). Ich wollte nicht zum Heer der Opfer gehören, nicht einmal zum Tross (die Frauen, die mit Pancho Villa zogen, auf heruntergekommenen Güterwaggons, oder Marlene Dietrich, die in *Marokko* ihrem Legionär mit der Nelke hinterm Ohr folgend die Wüste durchquerte). Ich sah mit einer gewissen Geringschätzung auf den Freund des letzten Kranken, der das Zimmer mit Michel teilte, ein Junge, der, so schien es, die Nächte damit verbrachte, die Hand eines skelettartigen Typen zu halten, der kaum noch atmen konnte. Ständig küsste er ihn auf den Mund, streichelte ihn, und sobald der andere wieder bei Bewusstsein war, redete er ohne Unterlass auf ihn ein, hörte nicht auf, ihn zu streicheln. Mir war das Verhalten des Jungen nicht sympathisch. Ich pflegte eher meine Animosität gegen Michel. Das hab ich, glaube ich, schon gesagt. Die Kranken in den unterschiedlichen Stadien des Verfalls dienten mir als fortschreitende Porträts meiner selbst, so etwas wie die Fotoserien von Muybridge, die eine Handlung in ihre einzelnen Momente zerlegen. Jeder von ihnen und sie alle würde ich selbst binnen Kurzem sein.

Es veränderte sich mein Verhältnis zur Stadt, die ich eben noch schön gefunden – ahh, keine Stadt der Welt nimmt es mit Paris auf – und von der ich so viel erwartet hatte. Wie bei diesen mit unsichtbarer Tinte aufgezeichneten Schriften, die sich erst mit einer Reagenz offenbaren, konnte ich mich nicht mehr durch Paris bewegen, ohne dass sich mir eine Parallelstadt darbot, die für ein Großteil ihrer Einwohner und für die Touristen unsichtbar blieb, ein Labyrinth von Polizeiwachen, Gerichten, karitativen Einrichtungen, allgemeinen Krankenhäusern und Morgues (ohne die vielen Hektar der Friedhöfe und die vielen Kilometer der Kloaken und Katakomben, die das Erdreich durchbohren, zu zählen). Allenthalben bemerkte ich die Ablagerungen von Schmerz und menschlichem Elend. Nachts suchte mich ein sich wiederholender Albtraum heim, in dem das Schaufenster eines Geschäfts an der Rue de Saint-Martin, wo einst der Fleischmarkt gewesen war, auftauchte. Unter dem jahrhundertealten Schild *Animaux Nuisibles,* Schädlinge, verkaufte es Gifte gegen allerlei Ungeziefer und warb mit vertrockneten Rattenkadavern, die wohl zu Beginn dieses Jahrhunderts oder zu Ende des letzten im inzwischen verschwundenen Markt Les Halles erlegt worden waren. Wenn wir daran vorbeikamen, hielten wir an, Michel und ich machten Witze (er wusste, dass mein Ekel vor Ratten unbeherrschbar war, und spottete über mich), wenn mich nun aber mein Weg notwendigerweise dort vorbeiführte, wechselte ich den Bürgersteig, beschleunigte den Schritt und drehte mich ängstlich um, denn in dem Albtraum, der mich nachts um den Verstand brachte, war dieses Schaufenster nicht mehr nur ein berührendes Denkmal des Kitschs, es war zu einer Insignie des Unheils geworden, das mich erwartete. Dort öffnete sich eines der Zugangstore zu der düsteren Parallelstadt, in die mich irgendwer geschleppt hatte. Ich wachte um mich schlagend auf: Die steifgetrockneten Ratten umzingelten mich, begannen, mich zu beißen, und machten mich mit ihrem Quietschen und dem Scharren ihrer Pfoten verrückt. Es waren tausende, und sie waren zugleich lebendig und tot.

Ich gewöhnte mich daran, Schlaftabletten zu nehmen, und mischte sie mit Alkohol, versuchte, mich zu betäuben, vergeblich: Sobald ich die Augen schloss, überfielen mich unheilvolle Bilder; vor allem beschwor ich eine Szene herbei, die wir vor einigen Monaten zusammen gesehen hatten und die mir jetzt wie ein Vorzeichen schien. Wir waren zu seinen Kollegen M. und F., die nahe der Place Blanche wohnten, zum Abendessen gegangen (Michel und ich höflich, freundschaftlich trotz unserer Trennung, *maintenant comme des bons amis*). Die Wohnung lag im vierten Stock eines heruntergekommenen Gebäudes. Der Verwalter hat uns die Miete herabgesetzt, weil wir die einzigen Franzosen im Block sind und unsere Anwesenheit den Marktwert des Ganzen nicht ins Bodenlose sinken lässt, erzählten unsere Freunde. Der Aufzug funktionierte nie, und man musste mühsam die steilen Treppen, die Wohnungen mit hohen Decken verbanden, hinaufsteigen. Wenn man oben ankommt, ist einem die Lust aufs Essen vergangen, scherzte Michel jedes Mal.

Nichts Besonderes ist mir von jenem Abend in Erinnerung geblieben – es wird wohl, wie andere Male in diesem kleinen Wohnraum, tropische Aperitifs gegeben haben, dann Couscous oder Dim Sum, aus einem asiatischen Take-away geholt –, unvergessen bleibt aber, was geschah, als wir die Wohnung verließen und auf dem Treppenabsatz standen. Sogleich wunderte uns der Lärm, der vom Eingang aus über den Treppenschacht hochdrang. Laute, autoritäre Stimmen, die sich mit dumpfem Poltern abwechselten, ein Dröhnen auf den Holzbrettern der Stufen, als bewege sich ein Heer von Riesen auf der Treppe. Mit einer unbestimmten Angst vor dem, was uns am Portal erwarten könnte, stiegen wir hinunter, und bevor wir noch den vorletzten Treppenabsatz erreichten, entdeckten wir unten eine Gruppe von Leuten, darunter Feuerwehrmänner und Polizisten in Uniform (von den schweren Stiefeln der einen und der anderen rührte der Lärm her, der uns wie die Schritte von Riesen angemutet hatte). Neben ihnen stand ein Kerl in einem beigen Trenchcoat und ein anderer in einem dunkelblauen Mantel und mit weichem Hut, sie fuchtelten mit den Händen und redeten vorgeblich flüsternd, in Wirklichkeit aber in ziemlicher Lautstärke und bissigem Ton. All diese Leute – es waren mindestens ein Dutzend – standen erregt um eine Tragbahre herum, auf der die Leiche eines etwa sechzigjährigen Mannes lag. Die Gleichgültigkeit des Toten kontrastierte mit der nervösen Aufregung der anderen Personen der Gruppe: Sie redeten alle gleichzeitig, stritten, gestikulierten, und einer brach in ein Gelächter aus, das durchs Treppenhaus aufstieg und vibrierend am Glas der Dachluke hängen blieb. Sie wankten hin und her, als wären sie betrunken oder ständen unter Drogeneinfluss. Das Ganze wirkte nicht nur beunruhigend, sondern auch verkommen: der alte, ungepflegte Eingang, Müllreste in den Ecken, das schwache Licht, das von den Wandleuchten auf die Szene fiel, die Stimmen, die zugleich unwirsch und misstrauisch klangen. Eine Mischung aus Gleichgültigkeit und Schmerz lag im Gesicht der Leiche, eines sehr hageren Mannes von nordafrikanischem oder kreolischem Aussehen. Er hätte ebenso gut aus Marokko wie aus Martinique stammen können: Seine Haut war dunkel und schrumpelig wie die einer großen, getrockneten Olive.

Das unerwartete Auftauchen eines Toten ist immer schrecklich, doch hier bedrückte auch das schäbige Bühnenbild, die unpassende Tageszeit, in der die Überführung der Leiche vorgenommen wurde, die Mischung aus Wachsamkeit und Schroffheit bei den Gesten, das dumpfe, vom Treppenschacht verstärkte Poltern der Stiefel dieser uniformierten Typen und die einschüchternde Macht ihrer Uniformen. Eine subtilere Drohung ging von den zwei Männern in Zivil aus, von dem im Trenchcoat, der massig war und brutal wie ein Kampfhund aussah, das Gesicht gerötet und die Stirn voller Schweißperlen trotz der Kälte; der andere hielt seine Zigarette vor einer knochigen, gelblichen Maske. Ein Hauch von Heimlichkeit ging von jeder der beschäftigten Personen – Polizei und Feuerwehr – aus, die nun eine Hülle oder einen Sack aus einem glänzenden Material entfalteten, in den sie die Leiche stecken wollten. Uns beunruhigte die Reglosigkeit, das plötzliche Schweigen und der eindringliche Blick, den die beiden Männer in Zivil auf uns hefteten, als wir an ihnen vorbeigingen. Dem Toten, der mich in meinen Albträumen verfolgte, steckten Wattebäusche in den Nasenlöcher. Aber niemand hatte es für nötig befunden, ihm den Mund zu schließen.

Wir gingen zur Place Blanche, um ein Taxi zu nehmen, und besuchten in jener Nacht einige Clubs der Szene: L'Imprévu und einen anderen namens Manhattan, fast an der Place Maubert, neben dem Palais de la Mutualité. Als wir aus dem Manhattan kamen, waren wir betrunken, ich wusste weder, wo wir uns befanden, noch, wie wir dort hingekommen waren. Deshalb war ich so überrascht, vor dem Schatten von Notre Dame zu stehen. Von dort aus begaben wir uns in ein schmieriges Lokal fürs Cruising, das am anderen Ufer, nah dem Pont Marie lag. Die Arme um die Schultern des jeweils anderen überquerten wir Kais und Brücken, Wange an Wange, küssten uns, als sei die ursprüngliche Absicht dieses Treffens – *comme des bons amis* – in sich zusammengebrochen; im Club angekommen, verloren wir uns im Labyrinth der Darkrooms aus dem Blick. Ich kehrte gleich an den Tresen zurück, er aber tauchte erst nach knapp einer Stunde wieder auf. Er stank. Ich wurde sauer: Du weißt, wonach du riechst, oder? Ich ließ ihn allein zurück. Das Fenster des Taxis, Paris im Regen. Die Fassaden der Häuser glänzten vor einem verwaschen orangefarbenen Himmel. Und die Pflastersteine der Place de la Bastille glitzerten, als wären sie aus gemahlenem Glas.

Seit ich die Flecken entdeckt hatte und bis ich die Tests machte, besuchte ich ihn nur an einem Nachmittag und gab an jenem Tag acht, nicht von ihm berührt zu werden. Ich half ihm nicht beim Waschen und beim Wechseln der Wäsche, wie ich es dann und wann getan hatte, und kam ihm bei dem Kuss zum Abschied kaum mit der Wange nahe (nichts von Speichel, Sekreten oder Kontakten, dachte ich, ich kann mich dem Übel doch nicht so überlassen, wie er es getan hat, ich darf mich nicht einfangen lassen, ich ertrage es nicht, zum Opfer zu werden). Ich hörte den Satz, den er schon mal lachend gesagt hatte, wenn er sich meinen Schwanz mit der Hand schnappte, oder ihn, hatte er ihn drinnen, kräftig presste: *Je t'ai eu,* ich hab dich gefangen. Die im Spiel ausgesprochenen Worte bekamen jetzt etwas von einer unheilvollen Prophezeiung: die Liebe als tödliche Falle. Ein paar Tage später ging ich die Befunde abholen. Ich war sauber. Die Flecken, die mir so viel Sorgen gemacht hatten, waren allergischen Ursprungs und vermutlich von einer Lebensmittelvergiftung ausgelöst worden; außerdem waren sie im Verschwinden begriffen. Über der Stadt wehte ein Lüftchen der Nichtigkeit. Ich feierte es, ging allein in ein teures Restaurant an der Place Royale.

Meine Schutzstrategie bekam wieder einen Sinn: Wenn ich ins Hospital ging, übertrieb ich die Vorsichtsmaßnahmen. Als Ausrede für meine Abwesenheit wählte ich den Druck der Ausstellung, die ich in wenigen Monaten fertig haben musste. *Trop de travail,* entschuldigte ich mich. Erklärte, dass ich nach den vielen Jahren auf der Suche nach einer Chance, diese, die sich nun bot, nicht verpassen durfte. In Paris ausstellen, in einer namhaften Galerie, im Huitième, in der Nähe des Parc Monceau – wie viele spanische Maler können davon träumen? Keine Ausstellung, weil du den Saal angemietet hast, sondern weil sie dich einladen und einen Katalog herausbringen, auf Kosten des Kunsthändlers und des Verlags, und auch die Einladungen verschicken (das seien die abgemachten Bedingungen, hatte mir der Agent gesagt). Ich male gerade sehr viel. Ich werde die Bilder fotografieren, sobald sie fertig sind, sagte ich, dann kannst du sie als Erster sehen. Und, klar, du wirst den ersten Katalog bekommen. Ich werde dir auch eines der Bilder mitbringen, nach deiner Wahl, als Schmuck für dieses Zimmer, obwohl, bis dahin wirst du das Hospital bereits verlassen haben, und dann kannst du es in deiner Wohnung aufhängen, an der Wand gegenüber dem Spiegel, wir können die Korkpinnwand mit den Postkarten entfernen und stattdessen das Bild anbringen. Du wirst schon sehen. Ich male gerade eins, das dir gewidmet ist, dem, was wir zusammen erlebt haben. Es soll den Gegensatz zwischen dem Lustvollen und dem Schwierigen in unserer Beziehung erfassen, zwischen dem Heftigen und dem Zarten, und diese Art von Synthese darstellen, die unsere heutige Freundschaft ist. Ich setzte damit eine platonische Beziehung für gegeben (und sein Mund verzog sich, er akzeptierte dieses Unbefleckte nicht, er brauchte die körperliche Übertragung von Blut und Säften). Ich legte ihm meine neuen Zukunftsaussichten dar, wie sehr mich meine Arbeit forderte. Er wiederholte: Aber ja, klar, *bien sûr.* Missmutig.

Tatsächlich freute er sich nicht besonders über meine Besuche. Wozu, verdammt, bringst du mir das? Damit ich überprüfen kann, wie ich verfalle?, schimpfte er an dem Tag, als ich ihm eine Kohlezeichnung brachte, ein Porträt von ihm aus der Zeit, als wir zusammenlebten. Aber er steckte es in die Schublade des Nachttischs. Jaime, sein Kollege aus der Fabrik, war zu seinem neuen Schutzengel geworden. Michel hatte mich um seine Wohnungsschlüssel gebeten, er wollte sie ihm geben, und nun übernahm es Jaime, die Post abzuholen und ihm das zu bringen, was er aus dem Haus brauchte; Jaimes Frau wusch Michels Wäsche und bereitete ihm Desserts, die er mochte.

Während der Tage, in denen ich auf die Befunde wartete, überkam mich angesichts des drohenden Endes jener Schwindel, der dich an Grenzen treibt: Ich forderte das Übel heraus, es sollte aus seinem Versteck kriechen und sich offen zeigen, tat genau das, was ich Michel in den letzten Monaten vorgeworfen hatte. Der Atem der Krankheit löste in mir die zwanghafte Hast aus, so früh wie möglich das Ende zu erspähen. Ich trank jeden Abend, nahm Drogen, hielt mich bis spät im Café-Tabac auf und ging zuletzt in die Bar des Bodyguards, bis der Kerl sich weigerte, mir noch einen Tropfen Alkohol auszuschenken, nicht weil er sich Sorgen um meine Gesundheit gemacht hätte, sondern weil am Tresen nur noch ein Gast war, mit dem er ein Gespräch begonnen hatte – die Stimmen gedämpft, die beiden Köpfe ganz nah beieinander – und der drinnen bleiben würde, wenn er mich rausgeworfen und das Gitter heruntergelassen hätte. Noch bevor ich an der Straßenecke war, hörte ich das Getöse der Metalljalousie, das ich so oft in den vergangenen Monaten gehört hatte, wenn Michel derjenige war, der dort drinnen zurückblieb. Ich verachtete den Kerl, hätte mir aber gewünscht, dass er sein Augenmerk einmal auf mich gerichtet hätte, um ein leises Gespräch mit ihm zu führen, hätte gern gesehen, wie er mürrisch auf die nachgebliebenen Gäste schaute, die unsere Unterhaltung störten, weil er mit mir allein sein und das Lokal schließen wollte. Ich wollte erfahren, was da drinnen vor sich ging und was Michel erlebt hatte (die Vermischung des vom Alkohol und von Drogen verseuchten Schweißes). Wenn wir aber einmal nachts allein blieben, wandte der Schläger mir den Rücken zu und begann, die Flaschen in dem Holzregal zu ordnen, holte den Besen oder steckte Bierdosen in die Kühlkammer, sagte dann nach wenigen Minuten: Es wird Zeit zu schließen. Das macht dreißig Francs. Auf irgendeine verquere Art hatte ich mich in das verwandelt, was ich an Michel ablehnte, was mir missfallen und mich von ihm entfernt hatte: in einen Bettler, der nach Zärtlichkeit gierte, auf jegliche Weise Zuneigung und Trost suchte, eine Charakterschwäche, die Michel, wie er sagte, von seiner Mutter geerbt hatte, wenn er rechtfertigte, dass sie bei einem Mann blieb, der sie ständig als unnütz beschimpfte, sie verachtete und quälte. Laut Michel: eine Frage des Charakters. Man wird so geboren. Genetik. Ich hasste diese Vorstellung. Die Tage der Angst jedoch, als ich glaubte, selbst dem Übel anheimgefallen zu sein, verwandelten mich für kurze Zeit in einen traurigen Bittsteller um Aufmerksamkeit. Freier und Freiwild. Es war mir egal, ob ich mich erniedrigte. Ich machte mich an Typen heran, die mich verhöhnten oder bedrohten, ich ertrug Kränkungen, ich zahlte für Kerle, die, nachdem sie das Geld eingesackt hatten, Widerwillen zeigten, als wäre ich ihnen eklig.

Das ging jedoch vorüber, und nachdem der Moment der Schwäche überwunden war, musste ich meine moralischen Muskeln, die alte Textur meines Charakters wieder aufbauen: ein Athlet, der einige Zeit den Pisten ferngeblieben ist und nun ein strenges Trainingsprogramm absolviert, um wieder in Form zu kommen. Ich trainierte, um einen Ort zu erreichen, an dem ich mich vor dem, was mich fast erwischt hätte, sicher fühlte.

Wenige Tage später holte ich aus Michels Briefkasten einen in Marokko abgestempelten Brief, den ersten von jenen, die dann alle zwei bis drei Wochen ankommen sollten: Ich glaube, es kamen fünf, bis er mich um die Rückgabe seiner Wohnungsschlüssel bat und Jaime damit beauftragte, die Post abzuholen. Ich habe ihm die Briefe immer geschlossen übergeben, doch als er immer schlechter sah, fand er sich damit ab, dass ich ihm den einen oder anderen vorlas. Die Antworten schrieb er selbst, auch als es ihm schon schwerfiel, die Buchstaben auseinanderzuhalten. Vielleicht bat er auch eine Krankenschwester darum, sie zu schreiben, aber das bezweifle ich; wahrscheinlicher ist, dass Jaime es übernahm. Ich bin mir sicher, dass er dem Empfänger seine Krankheit verschwieg, und er verschwieg sie ihm bis zum Ende, allerdings weiß ich nicht, was in den Briefen stand, er schrieb sie nicht in meiner Anwesenheit. Das letzte Mal reichte er mir den geschlossenen Umschlag, ich sollte die Adresse und den Absender schreiben, weil seine Schrift immer unleserlicher wurde. Deshalb weiß ich, dass er als Absender seine Adresse in Vincennes angab und nicht wollte, dass die Anschrift des Hospitals auftauchte. Von Jaime erfuhr ich, dass er weiter Briefe nach Vincennes bekam, auch noch als er nach Ruan gebracht worden war, wo er mir mehrmals am Telefon vorklagte, er werde nachts gefesselt und gefoltert. In diesem Hospital war ich nur ein einziges Mal. Wie mir Jaime in seinem Brief schrieb, besuchte er selbst ihn dort jedes Wochenende und brachte ihm saubere Wäsche und die Post.

Sein marokkanischer Briefpartner war Ahmed Sefroui, ein einstiger Liebhaber, der nach ein paar Jahren Frankreich in sein Land zurückgekehrt war. Wie ich hatte auch der Marokkaner eine Weile in der Wohnung Aufnahme gefunden, in die jetzt die Briefe kamen. Von Beni Mellal aus, dem Ort, wo er lebte, schrieb er Michel Briefe, die Zärtlichkeit und Sehnsucht nach der Vergangenheit verströmten. Von diesem Briefwechsel erfuhr ich erst, als Michel schon im Krankenhaus war und ich die Post einsammelte. Womöglich war es die Krankheit, die den Austausch von Briefen in Gang setzte, aber ich glaube eher, dass er diejenigen, die er zu der Zeit bekam, als wir zusammenlebten, vor mir verbarg (ich besaß nie einen Briefkastenschlüssel), wohl aus Schuldgefühlen, eine alte Beziehung aufrechtzuerhalten, die trotz der verflossenen Zeit immer noch leidenschaftlich war; das vertrug sich schlecht mit der von Michel eingeforderten Treue, er war extrem eifersüchtig und registrierte genau, wie ich mit jedermann umging. Er geriet in Anspannung, wenn er meinte, dass ich den Angestellten im Obstladen oder den Metzger musterte, oder wenn ich denjenigen ansprach, der sich neben mir am Tresen eingerichtet hatte, oder wenn ich einem seiner Freunde zu viel Aufmerksamkeit schenkte (manchmal schien er mir gar auf Jaime eifersüchtig zu sein). Einem der Briefe, die ich ins Hospital brachte, hatte sein Freund ein Foto beigelegt, auf dem er lächelnd inmitten seiner vier Kinder zu sehen war. *Il ne manque que toi*, hatte er auf die Rückseite geschrieben. Ich habe, glaube ich, erwähnt, dass ich, nachdem Michel das Augenlicht fast vollständig verloren hatte, zwei oder drei Briefe zu lesen bekam, voller orthografischer Fehler, geschrieben in einem krausen Französisch: In einigen Absätzen sprach sich die Sehnsucht überschwänglich, in fast schon pornografischen Wendungen aus; in anderen atmete die Sprache eine brüderliche und etwas kindliche Zuneigung, wie unter Kameraden einer Sportmannschaft. Diese Briefe verstörten mich, weil sie sich an einen Michel richteten, der von einem freundlich aussehenden Mann geliebt und begehrt worden war und nun von ihm, der ihn verlassen hatte, vermisst wurde. Während ich ihm diese naiven, auf ihre Art wunderbaren Briefe vorlas, hatte ich augenblicksweise das Gefühl, ihn selbst zu vermissen: Michels Körper, diese warme Zuflucht. Das war er für mich gewesen, seine fleischigen Schenkel, seine kräftigen Arme. Aber diesen Körper gab es nicht mehr, er war verschwunden.

C'est un trés gentil garçon. On s'aime beaucoup, sagte Michel. Und mir kam der Gedanke, dass auch er *un trés gentil garçon* war. Doch unter dieser Haut, in diesem Körper, der wie ein Atlas der menschlichen Knochen wirkte, was war da noch übrig von dem Mann, der mich angezogen hatte.

Einmal, als ich ihm mit den Briefen von Bank und Telefongesellschaft auch einen von Ahmed übergab, streichelte er diesen, führte ihn ganz nah ans Gesicht, als wolle er daran riechen, und steckte ihn unter das Kopfkissen mit einem harten Lächeln, das sagen wollte: Ich brauch dich nicht, ich komm allein zurecht. Die Geste und das Lächeln verletzten mich. Er bat mich nicht mehr darum, ihm etwas vorzulesen. Ich gab ihm die geschlossenen Briefe, die ich in seiner Wohnung abgeholt hatte, er fuhr mit den Fingerkuppen darüber, als lese er Blindenschrift, und steckte sie unters Kopfkissen oder zu den Gitanes in das Holzkästchen, das er in der Nachttischschublade verwahrte. Wenig später bat er mich dann um die Wohnungsschlüssel, die er Jaime geben wollte. Er kommt mehrmals die Woche, und du bist zu beschäftigt, sagte er. Warf mir vor, die Pausen zwischen meinen Besuchen zu verlängern.

Liste der Vorwürfe beim Auf- und Abwandeln in den Gängen des Hospitals: Du hast mich nicht einmal darum gebeten, dich auf deiner Reise nach Madrid zu begleiten. Ich hätte mir in der Fabrik ein paar Tage freinehmen können. Es war dir peinlich, mich bei deiner Familie, deiner Mutter vorzuzeigen. Und als du umgezogen bist, hast du mir das Schild *Zu Vermieten* am Tag vor deinem Einzug gezeigt, da hattest du längst den Vertrag unterschrieben. Du hast die Wohnung gemietet, ohne es mit mir zu besprechen, meine Meinung dazu war dir völlig egal. Ich erinnere mich, ihm gesagt zu haben: Das ist doch nicht schlimm, wir wohnen weiter zusammen, ich bin gerade mal zehn Meter von dir entfernt. Und seine Antwort: Das da ist deine Wohnung, nicht unsere, das sind deine Möbel, die du angemietet hast, als du mich schon kanntest und wir unser Zuhause hatten. Hier haben wir keinen Tisch für uns beide, kein Bett für uns beide, *une chiotte à nous deux*. Er wollte mir eine Überdosis an Schuld verpassen. Als er aber ins Hospital musste, bin ich ihn besuchen gegangen, ich war bereit, ihm zu bringen, was er verlangte, ich steckte seine Wäsche in meine Waschmaschine: Nein, das ist nicht wahr, in der ersten Zeit habe ich die Wäsche, die er mir mitgab, in die Wäscherei gebracht; in seiner Wohnung gab es keine Waschmaschine, und ich hatte Bedenken, sie in meine zu stecken, aber das brauchte er ja nicht zu wissen.

Ich war eifersüchtig auf den Michel, der in den Zeilen jener Briefe erschien oder den ich darin erriet und nicht fähig gewesen war, in den Monaten zu erkennen, die ich mit ihm zusammengelebt hatte; aber das war eine falsche Sicht, ein Trugbild. Ich durfte mich nicht von den Turbulenzen mitreißen lassen, die diese überschwänglichen oder vertraulichen Worte der Briefe in jenem der Krankheit geschuldeten Ausnahmezustand des Gefühls in Gang brachten: Ahmeds liebevollen, erotisch aufgeladenen Worte in dem Intarsienkästchen aus Mahagoni (ein Geschenk seiner Freundin Jeanine), das er im Nachttisch verwahrte, mesmerisierten die Luft im Raum, fachten neu an, was schon seit Langem nur noch kalte Asche war (seine kleinen Rachen: *Répète ces mots, je veux les apprendre par cœur, répète-les encore une fois).* Manchmal meinte ich sogar, er übertreibe seine Blindheit, um mich diese Worte lesen zu lassen, mit denen jemand ausdrückte, er denke an ihn und begehre ihn noch immer. Auch ich hätte gerne an jenem Michel, den er genossen hatte, meine Lust gehabt. Ihn derart begehrt. Aber hatte ich das denn nicht getan? Hatte ich ihm nicht fast die gleichen Worte gesagt, die ich ihm jetzt vorlesen sollte, damit er sie auswendig lerne? Und hatte sich dieses Ritual nicht bei uns erschöpft, sodass wir beschlossen, es sei Zeit, es ruhen zu lassen, weil ihm der Sinn abhanden gekommen war? Auch die Wortschwaden, mit denen ihn jetzt Ahmed erfreute, ergaben keinen rechten Sinn. Jeanine hatte mir erzählt, dass er, als er sich von Michel trennte, in eine Wohnung gezogen war, die seine Vettern in der Nähe des Quartiers Stalingrad angemietet hatten, eine Männerwohngemeinschaft, und dass er wenig später nach Marokko zur Familie zurückgekehrt war. Tatsächlich war das alles noch weit schäbiger, erzählte Jeanine, eine Lüge nach der anderen, eine böse Überraschung nach der anderen. Ahmed hatte Michel nie gesagt, dass er verheiratet war.

Zurückkehren, zum Ausgangsbahnhof. Dass die Weichen am Ende des Bahnsteigs umgestellt würden, die Richtung des Zugs sich änderte und er durch andere Orte fuhr, eine andere Endstation erreichte. Tränen steigen mir in die Augen, wenn ich dieses Wort denke: Endstation. Ich lese es in Büchern, sehe es in Filmen und Fernsehsendungen, ich höre es in den Erklärungen, die Familienangehörige von Kranken geben, Ehefrauen, Ehemänner, treue Freunde. Nicht nur über jene an der Plage Erkrankte, auch über verstümmelte Unfallopfer, oder über Krankheiten, die den Körper verfallen lassen. Wenn du einen geliebten Menschen pflegst, dann heißt das, er gibt dir etwas, nicht du ihm: ihn monatelang umsorgen, die Windeln wechseln, ihn waschen, ihm das schütter werdende Haar kämmen, seine gesprungenen oder entzündeten Lippen küssen. Das sagen sie in bewegtem Ton, wenn sie im Radio oder im Fernsehen interviewt werden oder sich vor der Presse äußern, die Familie, die Freunde, die Geliebten. Ich hatte nicht das Gefühl, dass Michel die Windeln zu wechseln (ich half ihm ein paarmal dabei) ein Geschenk war, das mir eine lädierte Liebe Monate nach ihrem Verfallsdatum gewährte. Ich empfand nichts dergleichen. Wie schon gesagt, ich hab sie ihm ein paarmal gewechselt, doch nie fühlte ich mich dabei von Güte erfüllt, allerdings habe ich auch nichts dergleichen gefühlt, als mein Vater im Krankenhaus lag und man ihm bei fast allem helfen musste, da die Embolie ihn fast einen Monat lang halbseitig lähmte. Eher hatte ich die Empfindung, dass der Mann, der völlig verbraucht dalag, sich immer mehr von mir und von sich selbst entfernte, sich in ein fremdes Wesen verwandelte – mir unbekannt, natürlich, aber ebenfalls sich selbst –, und so drückte es auch Michel an den Tagen aus, an denen er trotz Dutzender täglich eingenommenen Pillen (in der Mehrzahl Beruhigungsmittel, vermute ich) einen lichten Moment hatte. Kämm du mich doch bitte, mir graut's, wenn ich dieses Gesicht im Spiegel sehe. Sind die Flecken größer geworden? Beim Berühren kommt es mir so vor, sag's mir lieber nicht. Michel verschwand allmählich, so wie an jedem Besuchstag das schwache winterliche Licht im Rahmen des Hospitalfensters gegen Abend erlosch. Im Bett liegend, sprach der Typ, der ihn ersetzt hatte, mit mir (manchmal mit einem forcierten Lächeln, manchmal traurig, andere Male zornig). Ich schaute ihn an, hörte diese Stimme einer erkälteten alten Frau, die er nun hatte, und ließ eine feindselige und schuldvolle Gleichgültigkeit in mir wachsen, die den Kummer ersetzte. Zuweilen fragte ich mich, warum ich immer noch dort hinging (nicht mehr oft, das ist wahr, ich ließ Zeit zwischen den einzelnen Besuchen verstreichen). Der Antrieb der Freundschaft. Monate zuvor hatten wir beschlossen, nur noch gute Freunde zu sein, aber er hat nie daran geglaubt: Ohne Sex waren ihm unsere Treffen eine Marter; ich hingegen bemühte mich, an Freundschaft zu glauben – wahrscheinlich, weil es mir gelegen kam. Ich bin nicht einmal aus Erbarmen zu ihm gegangen: Wenn irgendein Gefühl bei diesen Besuchen in mir war, dann hatte es weder mit Mitleid noch mit Liebe zu tun, wahrscheinlich ging es eher um die Erfüllung des Pakts, den gewisse Worte, einmal ausgesprochen, besiegeln; Worte – Liebe ist eines davon –, die wir für heilig halten: Ich sagte, vor gut einem Jahr, das Wort Liebe (ich sagte *je t'aime*, bei der Liebe sind Adverbien überflüssig, weder ein bisschen noch sehr, man liebt oder liebt nicht, auch wenn das seiner Freundin Jeanine nicht passt, die meine Liebesfähigkeit in Zweifel zieht) und stelle mich jetzt, obwohl dieses Gefühl nicht mehr existiert, den Konsequenzen. Ich empfand keine Liebe, schon seit Monaten nicht mehr, und auch nicht Mitleid. Mitleid ist nicht dasselbe wie Leid, doch, er tat mir leid, es machte mich traurig, ihn in diesem Zustand zu sehen, ich bedauerte ihn zutiefst, denn Michel war nicht in diesem Körper, der mit Hilfe einer Sauerstoffmaske atmete und dessen Knochen und Knorpel sich unter einer brüchigen Haut abzeichneten, die von blauen Flecken besät war, einige davon Folge der Sonden und Nadeln, mit denen er täglich gequält wurde, die anderen Zeichen für das grausame Fortschreiten der Krankheit.

Michel ist der kräftige, optimistische Mann auf den Porträts gewesen, die ich mit Kohle gestrichelt habe und aufbewahre; auf den Fotos, die ich von ihm machte, seine stämmigen Glieder steigen aus der Badehose, während er vor der fantastischen Kulisse der Steilküste von Étretat die Arme wie ein Kraftprotz vom Zirkus hebt; er war mir gestohlen und durch einen anderen ersetzt worden, den zu lieben ich jedoch fähig sein sollte. Die knochigen Hände, auf denen sich blau die Adern abzeichneten, die zerbrechlichen Beine, wie Schilfrohr, umhüllt von gegerbtem Leder, haben nichts mit dem reifen, kräftigen Mann zu tun, den ich liebte, der mir Lust bereitete – und dem ich Lust bereitete –, fast ein ganzes Jahr lang. Seine Aussage jetzt: *Ne me regarde pas, je n'aime pas que tu me voies comme ça, c'est dégueulasse, je pourris. Je ne veux pas que tu gardes cette image de moi le jour où je mourrai, ne rester ça pour toi, pour ton souvenir.* Ich glaube, meine Pflicht mit meiner Anwesenheit erfüllt zu haben, mit meinen Gesten: Hier bin ich, sag mir, wenn du etwas brauchst, was soll ich dir bringen, aber ich habe mir keinen Funken Liebe einbilden können. Ich weiß, die Freundschaft tat ihm weh: Die Trauer, die ihn jedes Mal überkam, wenn wir uns im Hospital verabschiedeten, das unerfüllte Verlangen, die Sehnsucht nach dem, was einfach nicht kam; der fast aussichtslose Schritt vom Liebhaber zum Freund ist immer so, mein lieber Jaime. Natürlich war ich auch nicht darauf vorbereitet, die Etappen zu durchlaufen, die ihm bis zum Ende seiner Wegstrecke noch fehlten. Ich sage Er, sage Michel, aber er war es nicht mehr. Daher muss ich hinnehmen, dass ich gar nicht fähig war, aufrichtiges Mitleid für jemanden zu empfinden, den ich in Wirklichkeit nicht kannte.

»Also gut, der Mann, den ich nicht geliebt habe, aber zu lieben glaubte«, erwiderte ich Jeanine, die sich bemühte, mir zu beweisen, dass ich ihn nie geliebt hatte. »Du sagst, dass es wahrscheinlich keine wahre Liebe war, aber, was ist das denn, die wahre Liebe? Erklär's mir. Was heißt das, oder zu was verpflichtet dieses Wort, wenn das, was es bezeichnet, erlischt?«

Selbst wenn ich davon ausgehe, dass Jeanine recht hatte, ändert das wenig an der Sache. An jenem Tag verteidigte ich mich:

»Ich kann, wenn das gewollt ist, etwas bescheidener formulieren und sagen, dass ich meiner Pflicht nachkomme bei dem Mann, den ich fast ein Jahr lang zu lieben glaubte und dem ich einmal gesagt habe, dass ich ihn liebe.«

Jeanine darauf: »Du tröstest dich, befriedigst dich. Du hältst dich für pflichtbewusst. Du rechtfertigst dich. Aber ihm tun deine Besuche nicht gut. Er leidet darunter, ihm kommen Erinnerungen. Du wie Ahmed wie Antonio. Alle drei habt ihr ihn benutzt. Ein *pied-à terre à Paris* für Notlagen. Michel ist zu naiv gewesen. Zu großherzig.«

Ich erinnere mich an Michels Lachen: die Zähne ein wenig auseinanderstehend, die Wangen gespannt, die Gesichtshaut von einer gesunden Farbe, der weder die Nebel noch der Smog von Paris in so vielen Jahren etwas hatten anhaben können, grünliche Augen, die, wenn er wütend wurde, metallisch wirkten, Funken schlugen und sich dabei in scharfe Eissplitter zu verwandeln schienen. Der Zorn machte sie schwefelig gelb. Dies aber, den Furor, der das Grün verdampfte und Schwefel in seinen Blick legte, ein kaltes, gelbes, unmenschliches Feuer, lernte ich erst später kennen, jetzt spreche ich von den glücklichen Monaten. Auch er wird oft mit Bitterkeit an mein damaliges Lachen gedacht haben. Er hat es gesagt: *Ça fait des mois que je ne te vois plus rire.* Die Korpulenz des normannischen Bauern, die Sinnlichkeit eines reifen Mannes, der in jenen Monaten wollte, dass alles für uns beide sei. Mich verführte diese Naivität bei einem Fünfzigjährigen, die Klarheit und die heitere Unbefangenheit, mit der er seine Gefühle benannte, klassifizierte und ordnete. Seine Fingerkuppen mit ihrer rissigen Haut und den in der Fabrik geschwärzten Nagelrändern arbeiteten mit handwerklicher Sachkenntnis auf meinem Körper. Das Gefühl, dass, wie bei jedem Werkzeug, der Gebrauch den Menschen zurechtschleift: Er verleiht ihm Geschicklichkeit, Geschmeidigkeit.

Ich wusste, was er mochte und was nicht, ich wusste, dass er seine Arbeit mochte, obwohl er dabei ungünstige

Arbeitszeiten und unangenehme Chefs ertragen musste, eine Arbeit, die zudem schlecht bezahlt war. Er mochte seine Kollegen, er mochte Jaime und die meisten von denen, die in der Fabrik in Ivry arbeiteten; mit vielen von ihnen amüsierte er sich nach der Arbeit, sie spielten eine Runde Billard und tranken das eine oder andere Glas. Da gab es auch einen, den er verachtete, aber gerade der erschien eines Sonntagnachmittags im Hospital zum Herumschnüffeln (Michel hatte Jaime gesagt, er könne das mit seiner Krankheit in der Fabrik erzählen, aber ohne allzu viele Details). Er schmiss ihn mit unbeherrschtem Ärger hinaus, erlangte dabei – wer weiß wie – die kräftige Stimme zurück, die ihm die Krankheit geraubt hatte. Er warf eine Schachtel Madeleines in die Luft, die der Typ ihm mitgebracht hatte und die dann verstreut auf dem Boden lagen, bis Jaime die Krankenschwester um Besen und Schaufel bat. Michels mentales Gerüst war solide und vernünftig. Er wusste, was Liebe ist. Und er wusste, dass das, was er für mich fühlte, Liebe war. Ewig, unzerstörbar, so, wie es sein muss. Michel, der solide Mann, den ich liebte, hatte nichts gemein mit dem düsteren Typen, der später kam, den ich die letzten Monate ertragen habe. Er hatte sich verändert, als ich nach ein paar Tagen Madrid zurückkam. Oder vielleicht schon ein paar Wochen früher, als ich ihm sagte, dass ich diese Reise plante. Oder er veränderte sich zwei Monate später, als ich beschloss, in eine zur Vermietung angebotene Vorderwohnung eben des Gebäudes zu ziehen, in dessen Hinterhofeck Michels Bude lag.

»So wohnen wir beieinander, haben aber jeder unsere Wohnung und müssen nicht jederzeit aufeinanderhocken«, erklärte ich ihm. »Ich verbringe, wenn mir danach ist, die Nächte bei dir, und ebenso kannst du hierher zu mir kommen.«

Ich umarmte ihn, küsste ihn, versuchte, ihn scherzend zum Bett zu drängen, doch er blieb wie angenagelt stehen – die Brust eine solide, breite Wand – und griff, die Hände langsam hebend, unerwartet gewalttätig nach meinem Hals und drückte mich gegen die Tür.

»Du erstickst mich.«

»Vielleicht kapierst du das endlich. Ich bin derjenige, der da gegenüber wohnt, in dieser Bude, die dir so gut gefiel, der in einem Bett schläft, von dem dir bis vor Kurzem die Hälfte groß genug war.« Mit zwei großen Schritten durchquerte er das Wohnzimmer, ging auf das Schlafzimmer zu, und als er die Tür öffnete, lachte er los: Das stinkt nach fauligem Fleisch, die Wohnung eines Wurstmachers, der sein Geld mit Hundefleisch gemacht hat. Nach einiger Zeit erfuhr ich, dass das Appartement dem Schweinemetzger aus der rückwärtigen Straße gehörte.

Doch für meine Arbeit war es bestens geeignet, die geräumigen Zimmer mit hohen Decken, die großen Fenster zur Straße hin, die freizügig das Licht hereinließen, dieses für einen Maler so wichtige Gut, mit dem Paris gerne geizt und das ich in all den Monaten in Michels Bude vermisst hatte, die, an der einen Seite des engen Hinterhofs gelegen, nur ein einziges Fenster aufwies, von dem das nach außen gelegene Zimmer kärglich beleuchtet wurde. Zu diesem Zimmer gelangte man, wenn man eine fensterlose Kammer und die Küche durchquerte, von der aus ging es auch zur Treppe und acht oder zehn Stufen weiter oben auf den Treppenabsatz, wo eine alte, unlackierte Holztür zum Bad führte, in dem kaum Platz war für den Abfluss der Dusche, ein kleines Waschbecken und die Klosettschüssel. Die beiden Räume mit der winzigen dazwischen gezwängten Küche würden beim Bürgermeisteramt von Vincennes schwerlich als bewohnbar bezeichnet werden, wenn dieses sich nur im Geringsten darum sorgen würde, wie seine Bürger wohnen.

Ich mietete das Appartement, weil ich Platz für den Zeichentisch brauchte, für den Computer, den ich mir gerade gekauft hatte, für die Papierrollen, für alles, was ich für meine Arbeit als Zeichner benötigte, und auch für die Leinwände, die Staffelei, die Farbtuben, die Materialien, schließlich hatte das Malen mich nach Paris geführt, auch wenn ich das diese ganzen Monate über vergessen zu haben schien, und Maler sein ist das, was ich will, solange ich einen Pinsel in der Hand halten kann, ein Handwerk, das so viele Künstler heute geringschätzen, die bestrebt sind, Installationen zu bieten, Montagen, Videos, also Artefakte, die der Technologie oder Ideologie näher stehen als dem Kunstwerk, ich sehe in solchen Stücken eher gewollte Verschlüsselung und verquere Ideen als Kunst. Es ist so, als werde vom zeitgenössischen Künstler nicht mehr die Geschicklichkeit des Handwerkers gefordert, man beklatscht vielmehr den Einfall. Ich habe nie auf die Pinsel verzichtet, auf das Wissen, wie man eine Leinwand vorbereitet, darauf, die Linien der Zeichnung zu ziehen, die Optik zu berechnen, die Perspektiven, Gewicht und Gegengewicht bei den Volumina eines Bildes, darauf, mit dem Zartgefühl zu arbeiten, das die Ölfarben möglich machen, mit der Empfindung von Dauer, die Temperafarben verleihen. In dem winzigen Raum, in dem ich zurück in die Pubertät versetzt zu sein meinte, hatte ich mich vor allem im Zeichnen geübt, obwohl ich auch ein paar in Madrid oder in der Wohnung am Boulevard Ledru-Rollin begonnene Bilder fertig malte und andere begann. Von Michel habe ich einige Porträts gemacht. Nach Jaimes Brief hatte ich vorhin den Wunsch, sie aus der Mappe zu holen, nun liegen sie vor mir. (Schön war, was endete oder sich auflöste, was nicht sein konnte oder kaputtging, was ich verloren habe; was ich nicht erkannte, was mir nicht nützte, was ich nicht bewahren wollte, was weiß ich: Ich spreche von dem Schmerz, den ich heute um etwas fühle, das die Krankheit auf kategorische Weise entschieden hat, indem sie die Tür der Reue zuschlug und die Zweifel darüber zerstreute, ob es einen Weg zurück gäbe oder nicht. Was immer es gewesen sein mag, durch sie ist es irreparabel geworden.)

Ihm tat mein Umzug weh, aber was sollte ich machen. Ich brauchte Platz und Licht zum Malen, auch – so meinte ich – um die Kollegen aus der Firma einzuladen. Ich brauchte ein Atelier, das mir für den Fall, dass die Bedingungen bei Cormal sich verbesserten, erlaubte, die Designer dort zu empfangen, damit sie sich meine Arbeiten anschauten, wo ich mich mit ihnen verabredete, so wie einer meiner Vorgesetzten mich zu sich gebeten hatte, als es darum ging, irgendein Problem zu lösen. Ich hatte noch nicht bemerkt, dass bei Cormal die Zeichenabteilung sich auf zwei parallelen Kreisen bewegte, die auf unterschiedlichen Ebenen funktionierten, und dass es keine Treppe gab, um vom unteren in den oberen Kreis aufzusteigen. Ich dachte an eine wünschenswerte Zukunft, in der meine wachsende Anerkennung als Maler einen angemessenen Ort erforderte, wo ich die künftigen Käufer meiner Bilder empfangen konnte, auch Kunsthändler, Kuratoren und Journalisten. Ich war davon überzeugt, dass erfreuliche Zeiten vor mir lagen. Allerdings, wenn ich ehrlich bin, habe ich die Wohnung vor allem deshalb gemietet, weil es mir an Luft fehlte. Ich hatte das Bedürfnis, frei zu atmen, mich einen Schritt weit aus jener erstickenden Beziehung zu lösen.

In seinem Gefühlsprojekt (Michels Plan für die Zukunft) war meine Arbeit eher ein Hindernis, von dem er mich nach und nach befreien würde: In seiner Vorstellung von einer perfekten Welt warte ich jeden Abend nach Arbeitsschluss auf ihn, um eine Runde durch die Kneipen zu drehen, wir schlagen uns durch zwischen fälligen Rechnungen, haben es eilig, Geld aufs Konto einzuzahlen, Stunden bevor der Strom oder das Wasser abgeschaltet werden, wir lassen anschreiben bis Monatsende (er, versteht sich: mir würde im Viertel niemand Kredit gewähren), wir trinken im Café-Tabac und in der Bar des Bodyguards, passen unser alkoholisches Leben seinem eher kargen Lohn an, so wie wir es in den ersten Monaten taten, als ich absolut nichts zum Überleben hatte. Ich gebe zu, er war damals großzügig: nahm mich bei sich auf, bot mir alles, was er selbst hatte, fütterte mich durch, wir vögelten bis zur Erschöpfung, und er gab mir zu trinken, bis der Pastis mir aus den Ohren quoll. Wir lebten Monate lang in einem Zustand der Überspanntheit, in einer Trunkenheit, in der Alkohol und Sex sich zu einem Knäuel vermengten, das einfach nicht mehr zu entwirren war, wir tranken, um uns noch stärker zu begehren, und wir begehrten uns stärker, weil wir tranken. Aber schon früh bemerkte ich, dass diese Großzügigkeit Gefahr lief, sich in eine perverse Form des Tauschhandels zu verwandeln: Ich gebe mich ganz, aber ich will dich auch ganz. Mir schwante, dass ich alles, was Michel mir gab, eines Tages würde zurückgeben müssen, und ich begann seinen Eifer, auch noch den letzten Centime mit mir auf den Kopf zu hauen, mit den Augen des Schuldners zu sehen, der in das Rechnungsbuch des Geldverleihers blickt, der ihm Wucherzinsen abpressen wird. Ich sah mich gezwungen, sein Verlangen zu mäßigen, und seitdem ich aus Madrid zurück war, musste ich seiner Überwachung ausweichen. Mit meiner Reise begann der Argwohn, die Eifersucht. Besonders lang wurden mir die Abende, an denen wir nicht einmal in die Bars gehen konnten, weil unser Kredit nichts mehr hergab. Wir saßen in dem Zimmer, ein paar Flaschen Wein, Reste in einer Schnapsflasche, Kaffee, das Fernsehen auf ein Programm eingestellt, in dem Rentner einem fünfjährigen Knaben applaudieren, der wie Mozart persönlich Klavier spielt, und er will sich unterhalten, klebt an mir, fasst mich an, lässt nicht zu, dass ich mich auf meine Arbeit konzentriere (ich male gerade etwas, das an eine Marina erinnert, Spiele in Blau, weiße Dreiecke; ich denke, was müsste ich jetzt hier malen, Leichen, die durch Hospitalgänge wandeln, Schwären wie bei Grünewald, gehäutetes Fleisch wie bei Bacon, wie bei Soutine; ich tue es nicht, weiß, ich werde es nie tun). Besonders unerträglich wurde mir die Zeit, die wir im Bett verbrachten, wenn seine Arme und Beine mich umschlangen. Du erstickst mich, lässt mich nicht atmen, sagte ich einmal zu ihm, und er stand auf, stellte das Klappbett im Hinterzimmer auf, nahm sich eine Decke und verbrachte die Nacht dort, ließ mich hören, wie er sich schlaflos wälzte. Wir waren in die vorletzte Phase eingetreten.

ZWEI

Die bilder seiner ursprungserzählung kehren zurück, eine Genesis, in der es das Paradies nie gegeben hat; es tritt auf ein schlecht rasierter Mann, der den Jungen, als der ihm die Haustür öffnet, mit der Hand beiseiteschlägt, dessen Mutter an den Schultern packt, sie rüttelt und beschimpft und plötzlich anfängt zu weinen, das kleine Wohnzimmer mit vier großen Schritten durchquert, ins Klo geht und bei offener Tür uriniert. Der Junge hört das Geräusch des Urins und sieht den Rücken des Mannes, der, als er aus dem Klo kommt, ihn auf Augenhöhe hebt und küsst. Der Bart kratzt an der Wange des Jungen, der sich brüsk abwendet, während er die Stimme der Mutter hört: Küss ihn, es ist dein Vater. Er will ihn aber nicht küssen. Der Mann klagt: Er erkennt mich nicht mehr. Und noch einmal: Er kennt mich nicht. Es wird Abend. Das Licht fällt schräg und schneidet die Silhouette des Mannes aus, der Stunden auf dem Stuhl verbringt, den Rücken gerade und an die Lehne gedrückt. Der Junge beobachtet ihn von einer Ecke aus, kommt dann näher und legt ihm die Hand aufs Knie, doch der Mann rührt sich nicht, er beschränkt sich darauf zu atmen, mit einem Pfeifen, das Michel fünfzig Jahre später bei sich selbst erkennt: Ich bringe ein Gen mit, das für einen kaputten Blasebalg steht.

Das Hôpital Saint-Louis, mit seiner in Ziegel und Stein gestalteten Fassade, den geometrisch angeordneten Erdgeschossen, den kahlen Baumstämmen hinter den Fensterscheiben des Zimmers. Der Regen fällt sacht. Ein Sonntag im Februar, bleiches Licht, das monochrome Pariser Perlgrau. Michel würde sagen, die Farbe von Pastis mit Wasser. Damals bewegt er sich noch mit einer gewissen Lockerheit durchs Zimmer, geht hinaus auf den Gang und in die Toilette, um vor den Krankenschwestern versteckt eine der von mir mitgebrachten Gitanes zu rauchen. Er hat fast bis zum letzten Augenblick geraucht. Wenn ich ihn in den Monaten unseres Zusammenlebens bat, das Rauchen aufzugeben, da ich nachts von seinem schwergehendem Atem aufwachte – deine Bronchien sind am Ende –, antwortete er: Das ist erblich, mein Vater rauchte nicht, und seine Bronchien pfiffen noch mehr als meine. Er lachte. Die Krankenschwestern, die sich auf dem Gang bewegen, tun so, als bemerkten sie nichts, doch ich, von dem kleinen Sessel am Fußende des Betts aus, meine den Tabak zu riechen, den Michel in der Toilette verbrennt.

Kaputter Blasebalg. Seine Sätze enden in einem rasselnden Seufzer, und nachts beim Schlafen schnarcht er nicht nur, sondern stößt zuweilen ein Pfeifen aus, ein angstvolles Luftholen, bei dem er zu ersticken scheint und das von heftigen Hustenstößen gebrochen wird. Er raucht. Gitanes ohne Filter. Bei meinen ersten Besuchen im Hospital bat er mich um eine Zigarette, die er auf der Toilette rauchte. Ich tat so, als würde ich böse, und warf ihm vor, noch immer zu rauchen. Obwohl mir blonder Tabak lieber war, kaufte ich an den Besuchstagen ein Päckchen Gitanes im nahen Café-Tabac, ließ es auf dem Bettende liegen und schaute weg, um nicht zu sehen, wie er mit einer hastigen Handbewegung danach griff und es in die Nachttischschublade steckte, damit die Krankenschwestern es nicht fanden. Beide heuchelten wir, dass ich es nicht bemerkte und dann beim Verlassen des Krankenhauses in den Taschen wühlen und mich fragen würde, wo denn das Päckchen geblieben sei.

Später achte ich darauf, ihm immer eine Schachtel mitzubringen. Es bleibt nicht genug Zeit (eigentlich fast gar keine), als dass der Tabak ihm schaden könnte, und das wissen wir beide, auch wenn ich ihm Zeitungsartikel zeige, die verkünden, dass es bald Hoffnungen für die von der Plage Befallenen geben wird. Jede halbwegs optimistische Information in der Presse schneide ich aus und bringe sie ins Krankenhaus, lese sie ihm vor; es geht darum durchzuhalten, bis das geeignete Medikament kommt, das wird nicht mehr lange dauern, sage ich, eine Frage des Durchhaltens. In drei oder vier Monaten kann es da sein.

Und er spottet: Was du nicht sagst. Aber ich sehe, wie er sich müht, alles aufzuessen, was ihm die Krankenschwestern auf dem Tablett bringen.

Doch zurück zur Genesis:

»Wie kann das für dich das erste Bild deines Vaters sein? Du musst Erinnerungen von vor dem Krieg haben. Als er an die Front geschickt wurde, warst du doch schon fünf oder sechs.«

Er bestreitet es. Seine ersten Kindheitserinnerungen beziehen sich auf einen Salon, in dem Klavier gespielt wird, er sitzt in einer Ecke des Lokals und sieht von dort aus Männer in Militärkleidung. Sie trinken, ereifern sich in einer Sprache, die er nicht versteht, scherzen mit seiner Mutter und den anderen Frauen, die mit ihnen an den Tischen sitzen oder die hintere Treppe hochgehen. Oft schläft er in seiner Ecke ein, die Unterarme auf dem Holztisch, an den sie ihn gesetzt haben, und wenn er aufwacht, erscheint ihm die in Rauch und Musik gehüllte Massenszene wie ein Teil seiner Träume. Manchmal wacht er nicht im Salon, sondern in einem unbekannten Zimmer auf, zu dem die Geräusche des Tanzvergnügens hinaufdringen, das die ganze Nacht durchgeht, aber auch andere, heimlichere Geräusche – leise Gespräche, Flüstern, Stöhnen, Quietschen der Bettfedern –, die vom Gang oder von den Nachbarzimmern kommen.

»Alle Frauen aus dem Dorf haben dort gearbeitet, was

sollten sie schon machen, die Männer im Krieg oder im Gefängnis.«

Ich weiß nicht, ob er mir die Geschichte der Frauen aus dem Dorf erzählt, um die Schuld auf andere auszudehnen und die seiner Mutter zu verringern. Der Salon mit dem Klavier, der Zinkblechtresen links von der Tür, die Deckenlampe mit großen Milchglaskugeln, die grünen Samtschirme der Tischlämpchen, die uniformierten Männer mit ihren vom Alkohol geröteten Gesichtern, die beim Vorbeigehen den in ihren Uniformen hängenden Geruch von Schweiß und alter Wäsche hinterlassen. Er erinnerte sich an die Frauen mit ihrem klebrigen Parfum, an die Treppe mit den Stufen aus lackiertem Holz, den Gang, dessen Dielen bei jedem Schritt unter dem Gewicht der Soldaten knarzten, das Zimmer, tapeziert mit längsgestreiftem Fliederdekor, der an einigen Stellen wegen der Feuchtigkeitsflecken dunkelblau ist und an anderen von Rissen unterbrochen wird. Vor allem erinnerte er sich an die Kälte und Dunkelheit, wenn er in einem dieser Zimmer aufwachte. Hörte die Chefin ihn weinen oder nach seiner Mutter rufen, drohte sie ihm, bis er ruhig war und verängstigt zurückblieb. Er erinnerte sich an die Nacht, als ein Mann in Uniform, der ihn hatte schluchzen hören, ins Zimmer trat und ihn zu trösten versuchte, ihm mehrfach mit der Hand über die Wangen strich und seine Tränen wegwischte, *mon petit, mon petit,* ihn auf den Mund küsste; und dann drückte er den Kopf des Kindes plötzlich hart gegen seinen Bauch. Die Mutter kam ins Zimmer und schlug mit den Fäusten auf den Mann ein, doch der packte sie an den Handgelenken, wurde ihrer Herr und warf sie aufs Bett. Nicht vor dem Kind, nein, sagte die Frau.

Kurz vor Morgengrauen kehren sie auf dem Fahrrad der Mutter heim. Da die Frau ohne fremde Hilfe eine Reihe von Arbeiten nicht erledigen kann, tropft es an Regentagen durch mehrere undichte Stellen im Dach. Sie rücken die Möbel von der Wand, stellen die Betten anders, ebenso den Esstisch und die Stühle, damit sie nicht von den Lecks beschädigt werden. Eines davon löst einen Kurzschluss aus, worauf sie wochenlang kein Licht haben. Jene Wintertage erinnert er als die traurigsten überhaupt: Meine Mutter versuchte, mit den feucht gewordenen Streichhölzern eine Kerze anzuzünden. Alles war von Feuchtigkeit durchsogen. Das Kerzenlicht erlaubte kaum, die Gegenstände zu erkennen. Wenn ich mich mit der Kerze in der Hand voranbewegte, erzeugte ich riesige, wechselnde Schatten an der Wand. Ich zog mich aus und schlüpfte schnell ins Bett. Wir schliefen in zwei Einzelbetten in dem Zimmer, in dem meine Brüder gewohnt hatten, bevor man sie in den Süden schickte, an irgendeinen Ort in der Nähe von Lyon; manchmal legte sich meine Mutter auch zu mir ins Bett und wärmte mich. Und weißt du, was ich von den Nächten, in denen wir zusammen schliefen, erinnere? Dass sie nach fremdem Schweiß roch und ich mich ekelte, auch wenn ich wusste, was immer sie tat, sie tat es für mich und meine Brüder.

Obwohl es der Frau gelingt, einen Nachbarn für die Reparatur des Kurzschlusses zu gewinnen, kommt es immer wieder zu Nächten im Dunkeln, da wenige Tage nach der Reparatur die Bombardements beginnen, und eines der ersten den Transformator in die Luft jagt, der das Dorf mit Strom versorgt. Michel erinnert sich an das ferne Leuchten der nachts einschlagenden Granaten – ein unheilvolles Getrommel –, während seine Mutter und er sich in einem Winkel des Holzschuppens zusammenkauern, der, wenige Meter vom Haus entfernt, vor dem Krieg als Stall diente; das Gewicht seiner Mutter erdrückt ihn, ihre Hand ist auf seinen Mund gepresst, warme Finger, in die er vor Schrecken beißt. Sie flüstert ihm ins Ohr: Hab keine Angst, mein Junge, und die Worte der Geschichte, die mir Michel einmal erzählt hat, sind wie die Echos dieser Donnerschläge, die von Berghang zu Berghang hüpfen und nie zur Ruhe zu kommen scheinen: Bei einem meiner letzten Krankenhausbesuche sehe ich ihn zusammengekauert im Bett liegen. Als er mich ins Zimmer treten sieht, bedeckt er die Augen mit dem Unterarm und wird sauer: Wozu kommst du, lass mich in Ruhe, murrt er mit seiner kaputten Stimme. Hau ab. Ich bin nicht präsentabel. Ich spotte: Was ist los, ist der gnädige Herr heute schlecht aufgelegt? Ich befleißige mich einer professionellen Freundlichkeit, rücke ihm das Kopfkissen zurecht, lege ihm die Hand auf die Stirn. Er schweigt eine ganze Weile, ich höre seinen Atem, irgendetwas muss ihn aufregen: Ich kenne diesen schnellen, kurzen Rhythmus, weiß, was er bedeutet, ich habe ihn Sekunden vor einem Wutausbruch gehört oder bevor wir uns zu streiten begannen; so hat er jedes Mal geatmet, wenn ich eine Entscheidung traf, die ihn verletzte, und er sich mit einem Prankenschlag wehren wollte. Plötzlich bricht er in Tränen aus, schluchzt: Lass mich nicht hier, ich habe Angst.

Es wird schon alles wieder gut, wiederhole ich zwei oder drei Mal, weiß, dass ich ihn belüge: Weder gibt es eine Begnadigung bei seinem Strafmaß noch ein Zurück bei unserer abgelaufenen Geschichte. Du kommst wieder auf die Beine, beharre ich. Und in dem Augenblick ist mir, als bekäme ich keine Luft; ja, jetzt bin ich es, der unter stoßweiser Atmung leidet, ich glaube zu ersticken und muss hastig hinaus in den Garten – entschuldige, ich komm gleich zurück, ich hab etwas vergessen –, will im Regen saubere Luft atmen (sagt man nicht, dass der Geruch des Regens gesunder Ozongeruch ist?), will das Gras und die nassen Kieselsteine riechen. Die Bilder gehen in meinem Kopf durcheinander, Vergangenheit und Gegenwart, was ich vom Hörensagen kenne und was ich gesehen habe, vermengen sich in einer Endlosschleife, in der ich mich verliere, denn das Krankenhauszimmer, in dem zwei weitere Körper in zwei Betten neben dem von Michel verlöschen, verwandelt sich in das Haus, das ich nur aus seinen Erzählungen kenne, das nicht einmal existiert; wie er sagte, war es nicht viel mehr als eine Hütte und wurde schon vor Jahren abgerissen: Dunkelheit von stromlosen Nächten, das Geräusch der Tropfen, die auf die Möbel fallen, fernes Donnern von Geschützen, und, zusammengekauert in seinem Bett, dort im Hospital, beißt ein reifer, verängstigter Mann in die Finger seiner Mutter – Hab keine Angst, mein Junge –, und es ist kalt, und alles ist klamm, und trotz der Angst bemerkt er den Geruch der Frau und verspürt Widerwillen und Schuld wegen dieses Widerwillens. Auch mir biss er in die Finger, wenn ich in ihn eindrang. Spürst du mich in dir, Michel? Der Regen fällt hinter den Fensterscheiben des Zimmers, in dem eine seiner Platten erklingt – *Par le petit garçon qui meurt près de sa mère* –, und der feuchte Februarabend neigt sich über die Erdgeschosse im Garten.

Ich schiebe den Unterarm von seinem Gesicht und sage ihm: Sieh mich an, Michel, ich bin hier, bei dir. Und er weint, aber jetzt still, nur die Tränen nässen sein Gesicht.

»Du willst, dass ich dich ansehe, und ich seh dich kaum. Verschwommen. In Kürze werde ich dich gar nicht mehr sehen. Aber nein, das muss mich nicht sorgen. Es ist zu spät. Was soll's.«

Er sah schlecht, an manchen Tagen nicht ganz so schlecht wie an anderen. Manchmal glaube ich, er gab sich gerne blinder, als er wirklich war: Schatten, ich sehe Schatten, sagte er, und farbige Haufen, und ich merke an den Augen, ob es sonnig oder bewölkt ist, auch von der Wärme her oder wegen eines Schimmers auf den dunklen Flächen, eine Lichtwelle, ich sehe Umrisse, verschwommene Farben, wie auf einem deiner halb fertigen Bilder, beweg dich mal dorthin, heb den Arm, ich sehe dich wie durch eine immer unschärfere Linse, sagte er zu mir, doch beim Essen pickte er, mit den Gabelzinken tastend, die Lammstückchen heraus und kaute sorgfältig eines nach dem anderen, und dann aß er die Kartoffeln, den Käse und die Crème Caramel, wenn ich ihm jeweils die verschiedenen Teller vorsetzte, allerdings fand das Essen, an das ich jetzt denke, nicht im Hospital statt. Lamm mit Kartoffeln und Erbsen, das war in einem nahen Restaurant, ich führte ihn dorthin, als er, wenn auch mühsam, noch gehen konnte: Die Karaffe mit dem Wein, das Ragout, die drei Stückchen Käse: *Munster,* ein *Crottin de chèvre,* ein Eckchen *Pont-l'Évêque.*

DREI

Die mutter schlug ihm das Gesicht zur Seite, als er, von ihren Schreien herbeigezogen, den Holzrahmen mit Maschendraht, der als Tür diente, öffnete und in den Hühnerstall trat. Er hatte kaum Zeit gehabt, den wortkargen Mann kennenzulernen, der ihn mit in den Gemüsegarten nahm (geküsst hatte er ihn nach dem ersten Tag nie wieder), auch zum Sensen auf die nahen Wiesen und mit ihm die Vögel einsammelte, die in die Netze gegangen waren oder an den aufgestellten Leimruten klebten. Er hatte ihm geholfen, die Futterrinnen für die Kaninchen zu reparieren und die Krippe, aus der eine Ziege fraß, die der Vater eines Tages vom Markt mitbrachte und die der Junge bereitwillig molk. Niemand hatte sich in den Kriegsjahren um die Tröge gekümmert, und das Holz war verfault. Die Käfige stanken. Der Mann richtete auch das Dach des Stalls, und Michel stieg mit ihm hinauf; und reichte ihm die vom Vater verlangten Bretter nach Maß, als sie die Holzwände des Baus verstärkten. Er grub den Gemüsegarten um, pflanzte Kohl, Salat, Mohrrüben und scharfen Rettich; er beschnitt die Apfelbäume, verstärkte die Türen und Fenster des Hauses, schliff den Küchenboden ab, dichtete die Lecks unter dem Spülbecken, und eines Morgens dann baumelte er im Gegenlicht am Dachbalken des Hühnerstalls. Die Mutter wollte verhindern, dass der Junge die Leiche des Mannes sah. Doch er erblickte sie aus dem Augenwinkel, ein Schatten im Gegenlicht, und all die Jahre später erinnerte er sich noch an den Schlag ins Gesicht und an die in der Luft schwebende Gestalt.

Das hat Michel mir von seinem Vater erzählt (und dass ihm beim Einatmen die Lungen pfiffen). Ein schweigsamer Mann, der einige Tage lang arbeitet, das Haus repariert und in Ordnung bringt, bevor er alles zum Teufel schickt. Ich erinnere mich nicht an seine Stimme, und an sein Gesicht erinnere ich mich eher von ein paar Fotografien her als vom selbst Erlebten, nur daran, dass sein Bart kratzte, als er mir am ersten Tag einen Kuss gab. Dagegen konnte Michel, wenn er die Augen schloss, die Schreie seiner Mutter im Hühnerstall hören, als stieße sie die in eben dem Moment aus. Die Frau hörte nicht auf zu wiederholen: *Le con, qu'est-ce qu'il a fait ce grand con*, während sie untröstlich weinend auf dem Boden saß, zwischen Stroh und Hühnermist. Jahre später, als er der Mutter in einem Streit diese Worte vorwarf, soll sie ihm gesagt haben, der Mann, den sie, als er tot war, Dummkopf geschimpft hatte, sei die große Liebe ihres Lebens gewesen: der Einzige, den sie je geliebt hatte. Hätte ich euch beide damals in Gefahr gesehen, weiß ich nicht recht, wen ich zuerst gerettet hätte. Mein jetziger Mann leistet mir Gesellschaft, aber Lieben ist etwas anderes, ich weiß nicht, ob es dir in einem Leben zweimal widerfahren kann. Dein Stiefvater weiß, was ich war, und ich weiß, was er ist. Wir ertragen uns. Das sagte sie ihm, als sie schon mehrere Jahre mit ihrem neuen Partner verheiratet war, und Michel begriff nicht, dass man sich Nacht für Nacht zu einer Person ins Bett legen konnte, die man nicht liebte. Die Klage der Mutter: Was konnte dein Vater schon tun, die Eifersucht und der Alkohol hatten ihn aus dem Gleichgewicht gebracht. Michel, so meinte ich, sprach nicht so sehr davon, was die Mutter über den Vater dachte, als vielmehr von sich selbst. Der Alkohol und die Eifersucht. An dem Tag hatten wir Streit gehabt. Als ich aus der Arbeit kam, hatte ich ihn dabei ertappt, wie er betrunken auf der Avenue Montaigne, in der mein Büro lag, herumlungerte. Er überwachte mich. Vor knapp einem Monat hatten wir beschlossen, unsere Beziehung zu beenden, und er wollte wohl herausfinden, ob ich mich getrennt hatte, weil ich einen anderen Liebhaber hatte, und mir vorwerfen, wie er es damals häufig tat, dass ich ihn loswerden wollte, weil ich nun Geld und eine Arbeit hatte und ihn nicht mehr brauchte: Der junge Clochard kehrt in die Klasse zurück, von der er Urlaub genommen hatte. Frag Jaime, der kann das besser erzählen. Ich werde dich mal den Kommunisten in der Fabrik vorstellen. Ich spottete: Spar dir die Mühe, Michel, ich weiß Bescheid, ich bin einer von ihnen. Oder bin es gewesen, in Madrid.

Est-ce que ta douce maman va venir te voir?, höhnte er. Er hatte mich so oft über sie lästern hören, dass er nicht verstand, warum sie mich in Paris besuchen wollte. Sie kam, ich vermied aber, dass die beiden zusammentrafen. Schon bald warf er mir vor, sie ihm nicht vorgestellt zu haben (du hast dich geschämt), er dagegen habe mich nicht nur nach Lecreux mitgenommen, damit ich seine Mutter kennenlernte, sondern mich auch monatelang beherbergt, er habe für Essen und Kleidung gesorgt und mir sogar *de l'argent de poche* spendiert, für die Bar oder fürs Kino und damit ich mir Kleider und Zigaretten kaufen konnte. Er hat es nie genau so ausgesprochen, aber in seinen Worten spürte ich die Einforderung der Rechte, die ihm meine Schulden verliehen. Er war nicht kleinlich, aber seine Andeutungen atmeten Kleinlichkeit. Als ich ihm sagte, ich ertrüge keine Eifersuchtsszenen, sagte er mir: Ich komm nicht dagegen an, die Eifersucht ist erblich, und hinter der Geschichte, die er von seinem Vater erzählte, lag versteckt eine Drohung. Etwa, nimm dich in Acht, du wirst der Schuldige sein. Erblich das Pfeifen der Lunge. Erblich die Eifersucht. Erblich der Alkohol. Und, zweifellos – und darin lag die Drohung, die von der Erzählung in Gang gesetzt wurde –, die Versuchung der Leere. Alkoholismus und Eifersucht sind erblich, wie die Syphilis, behauptete er. Ich hab's gehört, Michel, sagte ich mit einer Geste der Ermüdung. Doch die Eifersucht deines Vaters ging darauf zurück, dass deine Mutter sich als Nutte bei den Invasoren des Vaterlands verdingt hatte, und ich bin Zeichner bei einer Einrichtungsfirma. Das ist nicht wirklich dasselbe. Ich sagte das bissig und bereute meine Worte, sobald ich sie ausgesprochen hatte, und ging in dieser Nacht in die Bar der Marokkaner, um mich bei ihm zu entschuldigen. Er war weder dort noch bei sich zu Hause. Ich fühlte mich schuldig. Michel würde mich nie betrügen, ein treuer Hund (mit sich selbst identisch bis zum Überdruss). Er war derselbe *petit pays en devenu prolétaire*, der mich bei sich aufgenommen hatte, und sein Verhalten, sein Anspruch auf Ausschließlichkeit, sein Verlangen, mich ganz zu besitzen und dass ich ihn auf die gleiche Weise besäße, das alles war vom ersten Tag an da, nur hat es mir am Anfang geschmeichelt, es hat mir Sicherheit gewährt, einen gewissen Stolz zurückgegeben und meine eigene Schutzlosigkeit aufgehoben, aber dem war nicht mehr so.

Das erste Mal. Freitagabend. Der Kellner vom L'Italien setzte mich an den Tisch eines maulfaulen Manns in den Fünfzigern, der erst als er fertiggegessen hatte, den Kopf hob – die ganze Zeit lang hatte er den Blick nicht von seinem Teller gewandt –, um mir die *Île flottante* anzubieten, die der Kellner gerade vor ihn hingestellt hatte, woraufhin ich das gleiche Dessert geordert hatte, der Kellner aber bedauerte, die *Île flottante*, die er meinem Tischnachbarn serviert habe, sei leider die letzte in der Küche gewesen. *Tarte aux pommes, fondant au chocolat mais non plus d'île flottante.* Ich lehnte das unerwartete Angebot des Mannes ab – vielen Dank, Sie haben als Erster bestellt, essen Sie doch bitte – , doch er insistierte: Als ich die Wahl traf, hatte ich geschwankt, denn das *Fondant* schmeckt mir fast besser. Schließlich beschlossen wir, das Dessert zu teilen: Zwei Löffelchen stocherten im selben Schälchen. Wir unterhielten uns, machten ein paar Witze, verließen dann gemeinsam das Restaurant, um in der Bar nebenan einen Café und Armagnac zu trinken. Ich kam gar nicht auf die Idee, dieser breite Prolet, der wie verrückt Gitanes rauchte, könne sich für mich interessieren, aber wir verbrachten, was von der Nacht des Freitags noch übrig war, im Bett. Wir rauchten, tranken, und ich fand Zuflucht bei einem Körper, dessen Gerüst fähig schien, jede Materialprobe zu bestehen. Er legte die sentimentalsten Platten von Brassens auf: *Par le petit garçon qui meurt près de sa mère.* Der Plattenteller drehte sich, ich klammerte mich an den Mann und hatte Lust zu weinen, als sei ich der moribunde Junge und täte ihm unsäglich leid.

Er hatte die einzige Heizung in der Wohnung angestellt, zwei kleine Heizstrahler, die mit wenig Erfolg gegen die Feuchtigkeit und Kälte einer Nacht im späten November kämpften. An der linken Wand hing ein großer Spiegel, dessen Neigung erlaubte, darin das Bett zu sehen, die in Decken gewickelten Leiber – ich spürte seinen Leib, heiß und eng an meinem –, die beiden Köpfe, einer neben dem anderen, verschwommen im Tabakrauch. Dahinter die drei Blumentöpfe, der alte Schrank, das kleine Regal, auf das sich ein paar Dutzend Bücher stützten, ein Grundwortschatz des Derija und drei oder vier Reiseführer. Es gab da noch einen Tonkrug, ein Eselchen aus Stroh und einen staubigen Fächer, Jahre zuvor auf einer Reise nach Benidorm erstanden. *On reste ensemble toute la nuit?* Er lachte, als ich sagte, das nichts anderes übrig bliebe, da ich keine Wohnung hatte. *T'as pas de maison?* Nein, habe ich nicht. Er lachte: Da hab ich mir den elegantesten Clochard von Paris ins Bett geholt. An jenem Nachmittag hatten mich meine Kumpel aus der Wohngemeinschaft geworfen, weil ich nicht meinen Mietanteil bezahlt hatte. Ich war ins Restaurant gegangen, um mir zu überlegen, was ich mit meinen restlichen Francs anfangen könnte: unmöglich, ein Zimmer zu mieten, da die Makler drei Monatsmieten Kaution verlangten. Ich kam zu dem Schluss, ich sollte – bevor es noch schlimmer kam – erst mal essen, und dann würde mir schon einfallen, wie ich ein billiges Zimmer für mehrere Nächte auftun konnte.

Am Montag in aller Früh begleitete ich ihn zu der Haltestelle des Busses, der die Route nach Ivry fuhr, wo er als Werkzeugmacher für ein Unternehmen der Maschinenindustrie arbeitete. Das ganze Wochenende über waren wir nur aus dem Bett gestiegen, um etwas zu essen, Kaffee zu trinken und nach und nach eine Flasche Calvados zu leeren. Neben dem Regendach der Haltestelle die Bäume, von deren nackten Ästen Eiszapfen hingen. Das Licht der Laternen setzte ihnen gelbe Glanzlichter auf. Am späten Nachmittag, als er von der Arbeit nach Hause kam, begleitete er mich in die Wohnung am Boulevard Ledru-Rollin, wo ich unentgeltlich gewohnt hatte, und half mir die Koffer zu schleppen, die ich aus Madrid mitgebracht hatte, das halbe Dutzend Schachteln und zwei große Beutel mit meinen Malutensilien, ein paar Büchern und Kleidungsstücken. Wir mussten drei oder vier Fahrten machen. Es war keiner in der Wohnung, und so konnte ich sie verlassen, ohne mich zu verabschieden. Ich habe nicht einmal eine Nachricht hinterlassen. Sollten diese Lumpen doch verrecken, die mich an die Luft gesetzt hatten, obwohl sie wussten, dass ich nicht wusste, wohin. Auf einmal liebte ich Michel, der mir zur Seite stand, mir beim Schleppen der Koffer, Schachteln und Beutel half, mich küsste und mir mit seiner kurzen breiten Hand über den Nacken fuhr. Ich sagte ihm: Lass mich nicht allein. Seine Arme, die mich schützten.

Die Beutel mit der Wäsche, die Schachteln und Mappen mit den Materialien häuften sich auf dem kleinen Klappbett und belegten fast den ganzen Boden in Michels kleinem Hinterzimmer. Im hinteren Eck wurde der Haufen so hoch, dass er fast an die Decke reichte. Solange ich in der winzigen Wohnung blieb, konnte ich kaum malen. Es fehlte an Platz, es fehlte an Licht. Das Innenzimmer wurde nur von einer Birne im niedrigen Wattbereich beleuchtet (der Zähler ließ mehr nicht zu), und in dem anderen, dem mit dem Fenster zum Hof, standen das Bett, der Tisch und Michels Kleiderschrank. Es war schwierig, sich mit den Malutensilien auszubreiten, Platz für Leinwände von einem gewissen Format zu finden. Zunächst sorgte ich mich nicht ums Malen, um die Leinwände in den Mappen, die der letzten Überarbeitung harrten, um jene, die halb fertig waren, die ich in der Wohnung am Ledru-Rollin zu malen begonnen hatte, und jene, die ich aus Madrid mitgebracht hatte. All das war in den Hintergrund gerückt. Ich meinte, die Zeit würde die Probleme lösen, nichts schreckte mich, solange ich Michel an meiner Seite hatte. Später begann mir außer Licht und Platz auch die Luft zu fehlen. Aber, wie gesagt, das war später.

Nachdem wir mit dem Umzug fertig waren, begann er mich zu küssen, vergrub sein Gesicht in meiner Schulter und blieb so stehen, reglos, eine ganze Zeit lang. Ich spürte am Hals die feuchte Wärme seines Atems, und das gab mir Sicherheit: Er machte sich klein, als suche er Schutz, und ich fühlte mich beschützt. Wunder der ersten Phase der Liebe. Trügerische Gaukelei des Fleisches und Spiel der Verkleidungen (die Maske der Begierde: die Blume, die mit ihrer leuchtenden Farbe die Insekten anzieht). Ich betrachtete das bescheidene Zimmer mit den beiden kleinen Heizstrahlern. *Par l'âne qui reçoit des coup de pied au ventre.* Paris blieb draußen, das unerschütterliche Tier aus Eis, die rauen Schuppen seiner Steine und der scharfe Schiefer seiner Dächer. Die Nacht. Wir lebten in einem Refugium. *Par le cheval tombé sous le chariot qu'il traîne.* Die Musik, ein Balsam, der zwei nackte Körper ölte, Weichtiere, denen man ihr Schneckenhaus entrissen hatte (welche Fragilität weist der Mensch auf, wenn man ihm seine textile Schale nimmt?); Larven, die im Spiegel ihre innere Struktur verloren zu haben schienen, versehrte Stücke Fleisch, die einander suchten.

Draußen, hinter dem gardinenlosen Fenster, kondensierte die Feuchtigkeit und gerann zu Wassertropfen. Von der Wärme der Heizstrahler beschlugen die Scheiben und betonten den Unterschied zwischen Innen (wir) und Außen: die Stadt, die Welt mit ihren Krallen, ihren Zähnen. Mauern, die von ihren Besitzern mit Flaschensplittern gekrönt werden. Im Morgengrauen begleitete ich ihn zu der Haltestelle des Busses, der ihn in die Fabrik brachte, und noch jetzt kann ich seine Abschiedsgeste hinter der Busscheibe sehen, ich sah sie jedes Mal wieder, wenn ich mich im Hospital von ihm trennte und ihn mit leblosen Augen hinterließ: Michel, mit seiner Lederjacke und dem roten Schal, er hebt die Hand auf die Höhe seines Gesichts, über das ein kleines Lächeln huscht. Das Gesicht eines zufriedenen Menschen in einem Bus, der davongleitet, kleiner wird und mit den anderen Fahrzeugen unter dem orangefarbenen Licht der Straßenlaternen verschwimmt. Erst in ein paar Stunden wird es hell werden. Es regnet stärker, ich renne nach Haus, mach mir noch einen Kaffee und zögere, ob ich mich noch mal ins Bett legen oder ein Weilchen zeichnen sollte.

Wir aßen in der Nähe der Fabrik. Er zog nicht den Blaumann aus. Ich sah seine mit Schmieröl befleckten breiten Finger, wenn er das Brot brach. Ein Menü für zwanzig Francs in einer Guinguette nah dem Fluss, der in dieser Zone von Brachen, Kiesgruben, Depots für Schotter, Lagerhallen und Fabriken umgeben war. Ein düsteres Lokal, lange Holztische, mit Papier eingedeckt, an denen wir mit Arbeitern aus anderen nahen Fabriken zusammensaßen. Das dunkle Holz von Mobiliar und Sockeln, die Scharten in den Wänden, die Feuchtigkeit, der Zinkblechtresen, an dem wir stehen blieben, um die Rechnung zu bezahlen, und wo die *Patronne* uns zu einem Café-Calva einlud, kehren zurück als Glücksmomente. Die Freude der ersten Monate bricht sich Bahn zwischen den klebrigen Spinnweben späterer Erinnerungen. Mildernd wirkt die Ferne, verwandelt das Vergangene in einen trügerischen Bonbon. Das Motorengeräusch der Barkassen, die Schreie der Arbeiter aus der Kiesgrube, der Duft von Flieder vermischt mit dem Geruch nach Teer. Aber das war ein paar Monate später. *Je voudrais tant que tu te souviennes.* Im Zimmer die Musik vom Plattenspieler. Michel stellte mir seinen Kollegen Jaime vor, und an jenen Abenden, wenn wir zusammen an der Theke standen und etwas tranken, waren wir glücklich. Die Diskussionen, wer die Runde im Café-Tabac an der Ecke Château zahlt, die Heimfahrt, die leeren Gehsteige, auf denen sich Kisten stapeln, die von den Händlern für die Müllabfuhr rausgestellt werden, der gepflasterte Hof, die Holztreppe, die zu der Wohnung führte, wo ich mich an günstigen Mahlzeiten fürs Abendessen übte. *Andouillettes* mit Linsensalat, Innereien mit Sahne, mit Senf, mit Schalotten, die ich auf dem Straßenmarkt einkaufte, der zwei- oder dreimal in der Woche sich auf dem Bürgersteig vor der Einfahrt zum Hof ausbreitete, wo ganz hinten die kleine unbehandelte Tür zur Treppe unserer Wohnung führte. Auf dem Markt lernte ich Worte, die man mir in den Französischkursen nicht beigebracht hatte, die Namen von verschiedenen Gemüsen, Wurstwaren, die Bezeichnung der Käse, der Herkunftsort der Produkte: *huîtres de Cancale et de l'île de Ré; pommes de terre Belle de Fontenay; bleu d'Auvergne; to-*

mates des potagers du Périgord, grattons pressés; poulet de Bresse, tomme de Savoie.

Ich bemühte mich, dem, was ich kochte, eine französische Note zu geben. *Moi, je n'aime que la cuisine traditionelle,* sagte Michel, und ich blätterte das Kochbuch aus dem Regal durch, wollte herausfinden, auf was er sich bezog, was verstehst du denn unter traditioneller Küche? Such dir da was aus dem Buch aus, aber irgendein leichtes Rezept. Ich konnte ihm keine *Quenelles* nach Lyonnaiser Art machen, auch kein *Canard à la Rouennaise,* ein Blick auf die Rezepte genügte, sie mussten äußerst schwierig in der Zubereitung sein (er hatte sie natürlich noch nie gegessen. *Le canard à la Rouennaise, ça me dit quelque chose, mais c'est sûr que je'e n'ai jamais mangé. A Rouen personne ne mange ça, je t'assure).* Um mich zu französisieren, fügte ich, Michels Beispiel folgend, allem Senf, Sahne und schwarzen Pfeffer zu. Ich ging davon aus, dass das seine Vorstellung von der *cuisine traditionelle* war, die Fleischstücke mit tonnenweise Senf zu beschmieren und darüber fünfzehn oder zwanzig Mal die Pfeffermühle zu drehen: Ich sah ihm dabei täglich zu; und die Erbsen in Butter zu ersäufen und literweise Sahne auf was auch immer zu schütten. Ich kochte in diesem Stil, damit ihm der Geschmack vertraut erschiene, mehr oder weniger französisch (besser gesagt à la *Chez Michel*), doch wenn er die Speisen probierte, sagte er, dass ihm trotz seiner Liebe zur französischen Küche meine spanischen Schmorgerichte köstlich schmeckten. *J'ai mangé un truc comme ça a Benidorm. Oui, j'ai beaucoup aimé.* Und dabei war das, was er behauptete, in Benidorm gegessen zu haben, meine Interpretation der *raie au beurre noir*, ein kühnes kulinarisches Debüt, bei dem ich mich, Schritt für Schritt vorgehend, sehr bemüht hatte, das – reichlich einfache – Rezept aus dem Kochbuch umzusetzen. Ich konnte ihn nicht davon überzeugen, dass es in Spanien keinem einfallen würde, Butter auf ein Stück Rochen zu geben. Eigentlich war alles egal. Es waren die glücklichen Tage, als alles und jedes uns zum Lachen brachte, eine Ausrede war, uns Püffe zu verpassen und uns gegen die Küchenwand oder aufs Bett fallen zu lassen.

Ich kaufte täglich ein paar Zeitungen, durchblätterte weitere an der Bartheke, durchforstete sie nach Stellenangeboten. Ich rief bei Firmen an, die nach Zeichnern oder Designern suchten, bügelte sorgfältig die aus Madrid mitgebrachten Hemden, Jacketts und Hosen, alles gute Qualität, Fasern, die mich mit der Vergangenheit verbanden, Reste einer leicht verblühten Eleganz, ein gewisser Hauch von Klasse, der so wichtig ist, um in der Arbeitswelt voranzukommen, und ein Mittel, das mir helfen sollte, mein Schiffchen flott zu machen. Wenn ich so dachte, fragte ich mich schon mal, wie stabil eine derart ungleiche Beziehung mit so unterschiedlichen Zielen sein konnte. Aber wir fanden Gefallen aneinander, konnten über die Einfälle des anderen lachen; wenn er sprach, schaute ich mit Verlangen auf seine Lippen, als hätte er mich hypnotisiert – dieser Mund, der zart zu saugen und zu beißen wusste –, und wir vögelten *comme des ânes bâtes,* wie der Philosoph sagen würde, wenn ich aber allein war oder nachts, wenn ich ihn im Schlaf atmen hörte – das Pfeifen des Blasebalgs, die plötzlichen Aussetzer, die mich am Schlafen hinderten –, glaubte ich das bedrohliche Nagen des Holzwurms zu hören. Ich dachte, wir würden noch einen Monat so verbringen, dem ein weiterer folgen würde, und noch einer, und wieder einer, und dann? Als ob das, was wir hatten und was uns verband, was auch immer das war, ein Ziel brauche und nicht der Augenblick genüge. Bernardo, mein Liebhaber aus der Madrider Zeit, sagt, dass diese Suche nach einem Ziel, jenseits dessen, was du lebst und was dir widerfährt, meiner jesuitischen Vorstellung von der Welt entspräche, eine idiotische Suche nach den letzten Dingen, dem Sinn des Lebens, dem Jenseits, nach all diesen Sachen, die eigentlich nichts sagen und dich in Beschlag nehmen und dein Leben konditionieren. Bernardo: eine sichere Verurteilung zum Unglücklichsein. Man injiziert dir als Kind den Virus der Transzendenz, und daraus wird ein chronisches Leiden, das nicht mehr geheilt werden kann. Er machte sich über mich lustig. Wenn mir diese Worte einfielen, verdrängte ich hastig das schädliche Raunen des Holzwurms, der sich nachts befleißigte, mir vorzuwispern, dass es sich bei meinem Aufenthalt an diesem Ort und unter diesen Umständen nur um eine Parenthese handeln konnte. Die bohrende Larve arbeitete, wenn ich an Regenvormittagen gelangweilt in der Wohnung saß, wenn ich das Gemüse am Markstand auswählte oder vor einem Bankschalter Schlange stand, um den Scheck einzulösen, den Michel am Abend zuvor unterschrieben hatte, oder wenn ich allein am Tresen des Bodyguards zu trinken begann.

Nichts ist ewig, sagte ich mir frivol, verteidigte mich damit zugleich, bemühte mich, Bernardos Standpunkt einzunehmen, während ich mir morgens einen Kaffee brühte. Der Geschmack des Aufgusses, jener der drei oder vier Calvados, wenn ich schon aus dem Haus war: Wohlbefinden, süße Müdigkeit am späten Vormittag, wenn ich allein am Tisch des Café-Tabac saß. Die Zeit würde es schon richten, sagte ich mir immer wieder. Die Zeit arbeiten lassen. Schließlich und endlich ist alles vorläufig. Schläfrig saß ich am Tisch, die Zeitung geöffnet neben dem Glas Calvados. Ich betrachtete den Körper des Kellners, folgte seinen Bewegungen. So ist das Leben, sagte ich mir erneut. Das mögliche Glück. Das Kribbeln des Verlangens, wenn ich mir Michels Körper vorstellte.

Der Holzwurm sagte jedoch etwas anderes. Michel hatte keine weiteren Ambitionen. Seine Lippen schwollen vor Befriedigung, wenn er mich unter dem Dach der Bushaltestelle entdeckte, er lächelte, schlug mir auf den Rücken und drückte meine Schultern. Er setzte voraus, dass er auf mich zählen konnte, dass ich ihm zur Verfügung stand wie er mir. Er hatte Arbeit, ein Zimmer zum Wohnen, eine Anzahl von Platten, den Fernsehapparat, seine Zigarettenpäckchen und seine Flaschen Pastis, und er hatte mich: Die Welt kreiste sicher und präzise im schwarzen Loch des Alls. Innerhalb dieser Gegenwart konnte die Zukunft nur einen wohlwollenden Alien ausbrüten.

An Feiertagen durch das Stadtzentrum spazieren, ins Kino gehen, Buttes-Chaumont, Montsouris durchwandern; oder den Parc Monceau, wo vorsintflutliche spanische Emigranten (alte Exilierte aus dem Bürgerkrieg und Strandgut von der Wirtschaftsflucht) in kleinen Gruppen kamen und gingen, ein ums andere Mal die gleiche Strecke zurücklegten, wie Gefangene beim Hofgang; einen Tee trinken bei der Moschee nah des Jardin des Plantes und danach im Regen zu einem griechischen Restaurant in der Rue Mouffetard rennen; oder – dies am häufigsten – uns mit Pastis und Ricard in den Bars unseres Viertels abfüllen, solange der Monatslohn reicht. Am Ende des Monats tranken wir zu Hause die vorsorglich am Lohntag besorgten Flaschen und sahen nackt Fernsehen und verschlangen einander. Wie schon Lukrez sagte, Liebespaare wollen einander verschlingen. Sie halten es für möglich. Werden wahnsinnig.

Als die warme Zeit kam, setzte er sich, wenn ich nackt irgendetwas im Zimmer machte, aufs Bett und verfolgte meine Bewegungen nur mit den Augen, der übrige Körper blieb reglos. Morgens öffnete er manchmal die Tür des Bads und betrachtete mich beim Duschen, und wenn ich ihm zufällig den Rücken zuwandte, schaute er so lange, bis ich mich fürs Abtrocknen umdrehte. Meistens wusste ich, dass er dort war, ich hatte das Knarzen der Holzstufen gehört, das leise Geräusch beim Öffnen der Tür, aber ich seifte mich weiter ein, als hätte ich nichts bemerkt. Wenn ich ihn ertappte, schaute ich weg, als schämte ich mich. *Que tu est beau,* sagte er. *Et jeune.*

Das Nagen des Holzwurms. Ein Steinchen oder ein Nagel im Schuh: Man will weitergehen in der Hoffnung, dass man sich an die kleine Beschwerde gewöhnt und sie dann nicht mehr wahrnimmt, aber das Gegenteil geschieht, die Beschwerde wird zum Schmerz, und der Schmerz wird unerträglich. Wenn Michel nur mich hatte, und das wiederholte er ständig: *Je n'ai que toi,* so hatte ich bewusst beschlossen, nur ihn zu haben, ein Akt des freien Willens – erschafft der Mensch sich nicht etwa selbst mit seiner Hartnäckigkeit, mit der Beherrschung seiner Impulse, mit seiner Willenskraft?

VIER

Michels Mutter kannte den Mann, den sie nach dem Tod ihres ersten Ehemanns heiratete, schon seit vielen Jahren. In ihrer Kindheit waren sie in Lecreux Nachbarn gewesen – er lebte auf einem Bauernhof in der Nähe ihres Elternhauses –, und sie hatten sich in ihrer Jugend bei der Messe, bei Festen und Bällen gesehen. Immer hatte er sie umworben, und er wollte sie heiraten, doch sie wies ihn ab, wählte nicht ihn, der ihr eine gewisse Sicherheit bieten konnte, sondern einen armen Mann mit Alkoholproblemen, der das Pech hatte, schon zu Anfang des Krieges in Gefangenschaft zu geraten, und erst nach der Befreiung des Landes heimkehrte. Inzwischen hatte der Nachbar die Besitzerin eines Strickwarenladens geheiratet, sie starb jung und machte aus ihm einen wohlhabenden Kaufmann, der als Witwer die drei Söhne aufzog, die sie ihm in der kurzen Zeit ihrer Ehe geschenkt hatte. Der Laden überlebte seine einstige Besitzerin nicht lange, da der Mann, der sich vor dem Krieg gedrückt hatte und an dessen Ende halbherzig mit dem Maquis kollaboriert hatte, sich auf zwielichtige Geschäfte einließ, die ihn schließlich in den Ruin und für drei oder vier Jahre ins Gefängnis führten. Michel war davon überzeugt, dass sein Stiefvater seine kriminellen Machenschaften nie aufgegeben hatte. Beweise: Weder die Golduhr an seinem Handgelenk noch seine Kleidung – maßgeschneidertes englisches Tuch, weiche Hüte – noch der alte Bentley, den ihm angeblich ein Freund in Bedrängnis für einen Pappenstiel verkauft hatte, entsprachen seiner sozialen Stellung eines bescheidenen Rentners. Dann und wann verschwand er für ein paar Tage und kehrte mit Warentüten von Pariser Luxusgeschäften zurück, oder mit Kleidungsstücken, die das Etikett eines Modeausstatters in Nizza oder einem anderen Ferienort im Süden trugen, oder aber eines Geschäfts für Hüte und Accessoires in einem alpinen Wintersportort.

»Alles geklaut. Er ist ein Gangster. Meine Mutter lebt als Geisel des großen Gorillas, König Kong, dem sie einst Essen ins Gefängnis brachte, eine einfache Regung von Mitleid für einen Nachbarn im Unglück, den sie schließlich heiratete, um für seine Kinder zu sorgen und zu verhindern, dass er in eine Strafanstalt außerhalb des Kontinents verbracht wurde. Dazu hat er sie benutzt, um Cayenne oder eins der Gefängnisse in der französischen Karibik zu vermeiden. Es kam zu einer Absprache, er focht die Deportation an, machte geltend, dass er verheiratet sei, in stabilen Familienverhältnissen lebe. Seine mafiösen Freunde haben irgendeinen Richter geschmiert, damit das berücksichtigt wurde und man ihn vorzeitig aus dem Gefängnis entließ. Seine drei Söhne gehören zur Bande. Man braucht sie nur anzuschauen. Du wirst sie eines Tages kennenlernen.«

Er wiederholte die Geschichte bei mehreren Gelegenheiten, allerdings mit Varianten.

Michel sah den Grund für die Heirat nicht darin, dass die Frau bei dem gut situierten Witwer ihrem entbehrungsreichen Leben entfliehen wollte; seiner Meinung nach hatte der Entschluss der Mutter etwas eher Irrationales, er war – sagen wir mal so – weniger egoistisch, weniger von Berechnung bestimmt: In Michels Deutung kamen da andere Faktoren ins Spiel, die man genetische nennen könnte (sein Scheißtick mit Erbe und Vererbung: Die Armen erben keine Immobilien oder Aktien, sie erben Defekte, Krankheiten, Ticks und Gefühle), kurzum sie brauchte jemanden, der mit ihr zu Abend aß, sich neben sie ins Bett legte, sie streichelte oder ihr wenigstens Wärme gab, denn sie sei *trés câline*, was das Wörterbuch als anschmiegsam, zärtlich oder verschmust übersetzt, ein semantisches Feld, das mich immer abgestoßen hat, erst recht, nachdem ich das Wörtchen von Michel in Bezug auf seine Mutter hörte, als Rechtfertigung dafür, dass sie ihren grässlichen Mann ertrug. Eine Frage der Genetik. Ja, lach nicht, das hat man in den Genen. Und ich habe, wundere dich nicht, dieses Gen geerbt. Dass Michel in seinem Alter, mit der Stimme eines Gitanes-Rauchers und mit dem Äußeren eines jener reifen und leicht bespeckten Turner, die auf Postkarten vom Anfang des Jahrhunderts zu sehen sind, dass dieser Mann mir sagte, auch ich trage dieses Gen in mir, reizte mich zum Lachen und regte mich zugleich auf. Was sagst du da: Dein Körper ist eher dazu geschaffen, jemanden zu beschützen, als beschützt zu werden, der Körper eines guten Schutzmanns (falls es diese Gattung gibt), der sich um alte Frauen, Kinder und hinfällige Herren kümmert und, das natürlich auch, wenn nötig, zum reißenden Tier wird; diese Arme, Freundchen, die quadratischen Pratzen, dieser Rumpf und dazu noch das rot angelaufene Gesicht, die Galle, die dir hochsteigt, wenn jemand dir dumm kommt oder dich anmacht. Ich weiß nicht, wo du dieses verzärtelte Erbe siehst, von dem du sprichst. Er lachte, fuhr mit den Fingerspitzen zwischen meine Rippen und drückte, bis es wehtat, kitzelte mich, stieß mich mit der Hüfte voran und warf mich aufs Bett. Er sagte: Kraft habe ich, aber ich brauche Zärtlichkeit, und in diesem Augenblick erregte mich die Sanftheit der Worte, die aus der Tiefe des massigen Körpers drangen. Er kannte die stimulierende Wirkung dieser Szene, dirigierte sie mit mir, er dirigierte mich – du Mistkerl, da geht ja was hoch. Er wiederholte die Worte, immer leiser, in dem Ton, in dem Erwachsene Kindern Angst machen, wenn sie ihnen eine Schauergeschichte erzählen: Ich haaabe Kraaaft, aber ich braaauche Zääärtlichkeit, während er mir mit der nassen Zunge ins Ohr fuhr, ich braaauche viiiiel Zääärtlichkeit, und es war, als hätte ich mich nachts in einem Wald verirrt und als sagte jemand ganz sanft zu mir: Iiich bin der Riiiiese, und ich weeerrde dich freeesssen, und, klar, als wäre ich fünf oder sechs Jahre alt.

Er lachte. Trällerte wirr vor sich hin: *My baby don't care for shows, my baby just cares for me.* Jemand musste ihm gesagt haben, was die Worte bedeuteten, die er mit schlechter englischer Aussprache sang. Irgendein Lover. Wie auch immer, man könnte sagen, dass mich die Form der Exposition des Themas heißmachte, mich aber die Vorstellung störte, die das Ganze in Gang setzte, der Inhalt, der Hintergrund: dass man immer jemanden braucht, es dabei nicht besonders wichtig ist, wer das ist, dass die Tatsache, dass jemand sich um dich kümmert, ein höherer Wert ist als jeder andere. Wenn er ganz selbstverständlich diese Art von Gefühlen ausdrückte und mich dann umarmte, spürte ich Unbehagen. Wichtig ist, jemanden bei dir zu haben, der für dich da ist, beendete er die Angelegenheit und machte es mit seinen Worten noch schlimmer, weil ich mich als Ersatz für Antonio, für Ahmed fühlte, einstige Liebhaber, von denen er kaum sprach. Antonio hat er nie erwähnt; ich habe von ihm nur durch Jeanines Erzählungen erfahren; von Ahmed habe ich erst über die Briefe, die ich Michel im Krankenhaus vorlas, etwas mitbekommen. Ich sah mich selbst als Heizkörper, der die Wohnung wärmt, nachdem das Öfchen des Mieters kaputtgegangen ist, das eine Zeit lang seinen Dienst tat. Ein nützlicher Gegenstand.

Die Gründe für die Fortdauer der Ehe seiner Mutter, von Michel erklärt:

»Eine Frau braucht jemanden, für den sie sich schön macht, zum Friseur geht, sich schminkt, parfümiert. Die Gesellschaft des Mannes macht sie feminin, macht sie zur Frau. Sie gibt sich jemandem hin, um den sie sich kümmern kann: ihr Mann; jemand, den sie makellos kleidet; für den sie kocht und wäscht; dessen Wäsche sie verwöhnt: ein Mann dessen Kleidung perfekt gepflegt und gebügelt ist; und für den sie das Duftwasser aussucht, das sich mit dem Geruch seiner virilen Haut vermischt. Natürlich geht sie sonntags mit ihm spazieren, zur Messe, in ein Café. In Frankreich ist das so. Was für ein Sinn hätte sonst das Leben einer Frau, die sich als Frau fühlt? Und wenn der Mann sie streichelt, sie vögelt, bringt er sie zur Daseinsfülle, weil er ihr damit beweist, dass sie ihn verführt hat, dass ihre Parfums, ihre Schminke, aber auch ihre Kochkunst und die gute Haushaltsführung und die Aufmerksamkeiten, mit denen sie ihn überhäuft, und der Charme, mit dem sie das alles tut, erreicht haben, dass der Mann in die weibliche Falle getappt ist: die fleischfressende Pflanze, der man so schwer entkommt. Ihr Spanier versteht diese Dinge nicht. Die Frauen in deinem Land, besonders die im Alter meiner Mutter, sind aus einem anderen Holz geschnitzt. Verführungsstrategien, Hygiene und Kosmetik sind für sie Teufelszeug, gerade recht für Huren. Nicht sie selbst sind es, die den Mann an sich fesseln, es sind die Sitten und Gebräuche, die Wachsamkeit der Nachbarn, die Pfaffen. Das haben mir die spanischen Kollegen in der Fabrik erzählt, auch Jaime sagt das, obgleich er schon als Kind Spanien verlassen hat. Der Jammer ist, dass meine Mutter den falschen Mann gewählt hat. Deshalb leidet sie.«

»Verdammt noch mal, Michel. Du musst schon entschuldigen«, an dem Tag konnte ich es ihm sagen, wir waren gut gelaunt, »aber du sprichst eigentlich von einer pensionierten Hure und ihrem Zuhälter. In Filmen sehe ich sie, in Romanen oder in den Polizeiberichten der Zeitung lese ich über solche Frauen, sie werden von Typen ausgeplündert, geprügelt und missachtet, die ihnen dann in die Backe kneifen, als wären sie deren kleine Nichten, ihnen an die Titten fassen, auf den Hintern klopfen, sich neben sie ins Bett werfen, ihnen zwischen die Beine kriechen und schluchzen, ich wüsste nicht, was ich ohne dich täte, mein Täubchen, und dieses Ritual finde ich widerwärtig. Das ist die schlimmste Sklaverei: Du stehst flehend vorm Zimmer des *maquereau*, der, nachdem er dir eine Ohrfeige verpasst hat, so tut, als hätte er dich satt und wollte dich verlassen, um den Tarif zu erhöhen (kostspieligere Ansprüche: ein besseres Parfum, noch mehr gut gebügelte Seidenhemden, teurerer Tabak und ein edleres Rasierwasser). Man mag sich gar nicht ausmalen, nach was es diese Unglückseligen verlangt. Mit was sie der Typ kirre macht, außer mit der Angst. Da wird ohne Frage etwas sehr Schmutziges ausgebrütet. Wenn man allein lebt, passiert so was nicht. Man kann nicht ohne Luft oder Wasser leben, aber man kann ohne Gesellschaft leben. Eine Frau kann sich hübsch anziehen und schminken, ohne einen Zuschauer exklusiv für sich zu haben: die Straße, die Tanzparty, das Kino, das Café und die Kirche sind prächtige Theater, voller Zuschauer, besonders hier in Frankreich, wo die Frau Freiheit genießt; und selbstredend ist sie weiterhin sehr weiblich, auch wenn sie keinen Ehemann erträgt, nicht seine Unterhosen bügelt und ihm das zu seinem Schweiß passende Parfum kauft. Von Liebe spreche ich nicht, denn du hast selbst gesagt, dass dieses Wort dem Paar nicht geläufig ist.«

Die Söhne des Stiefvaters tauchten dann und wann nachmittags auf, immer in Eile und – zumindest für die Mutter – überraschend. Sie traten ein, zogen sich mit ihrem Vater in das kleine Wohnzimmer zurück, unterhielten sich mit gesenkter Stimme, während die Mutter Kaffee für sie brühte oder ihnen das Essen auftrug, dann machten sie Witze und sprachen laut, bis, kurz bevor sie verschwanden, wieder Gewisper zu hören war, das Geräusch von Koffern, die schlecht schlossen, und das von den Reißverschlüssen der Reisetaschen. Michel hatte sich schon früh über den Gepäckreigen gewundert. Sie luden einen roten Koffer, eine graue und eine blaue Reisetasche aus und nahmen dann einen schwarzen Koffer und zwei grüne Taschen wieder mit. Etwas in der Art. Nach jedem Besuch bemerkte Michel auch Verbesserungen im Haus, neue Möbelstücke tauchten auf, und dass zuweilen der Vater – der gewöhnlich vor dem Fernseher verdämmerte –, plötzlich ein paar Tage lang frühmorgens den Hut aufsetzte und das Haus verließ, um erst spät zurückzukehren (ich komme heute nicht zum Essen). Die Mutter klagte, schaute häufig zur Uhr und seufzte: Jetzt ist es schon acht, er müsste längst zurück sein, denn, mit Ausnahme dieser geheimnisvollen Tage, forderte der Vater strikte Pünktlichkeit ein, das Mittagessen um *midi et demi*, Abendessen um Schlag acht von der Pendeluhr im Esszimmer. Vielleicht hatte die Gefängnisdisziplin diesen Tick begünstigt. Oder es war einfach der Moment, an dem der monotone häusliche Alltag ihm erlaubte, Autorität vorzukehren. Und in der Tat, bei dem zweiten und letzten Besuch, zu dem Michels Brüder, Jean und Marie, aus dem Süden gekommen waren, verspäteten sie sich beim Spielen am Fluss und erschienen erst kurz nach eins. Michel, die Mutter und der Stiefvater erwarteten sie vor ihren Kaffeetassen an dem schon abgedeckten Tisch. Die Essenszeit ist vorbei, sagte der Mann, stieß dabei Jean an den Schultern weg: In meinem Haus setze ich die Regeln. Am selben Nachmittag noch verließen Jean und Marie, die über eine Woche hatten bleiben wollen, das Haus, trotz der flüsternd vorgetragenen Bitten der Mutter. Erst sechs Jahre später sah Michel sie wieder.

Zu Kriegsanfang waren sie in den Süden geschickt worden, an einen Ort nicht weit von Lyon; offensichtlich und auf unerklärliche Weise, waren sie kurz vor Kriegsende für ein paar Tage zurückgekehrt (an einem Morgen sind wir drei Brüder auf das Dach geklettert und haben es mit Drähten befestigt, damit der Wind es nicht forttrug, während die Mutter auf der Scherenleiter ihre Anweisungen gab. Es war ein Strohdach. Wir tollten da oben wie glückliche Katzen herum), dann waren sie wieder abgefahren, und als sie drei Jahre später wiederkamen (achtundvierzig oder neunundvierzig muss das gewesen sein), brachen sie besagten Besuch abrupt ab, weil sie die Drohungen des Stiefvaters nicht ertrugen. Damals war der älteste Bruder schon fünfzehn oder sechzehn, fast schon ein Mann, und er beschloss, noch am Abend den Zug zurückzunehmen, wohin auch immer sie lebten. Kaum zu glauben, aber Michel wusste nicht, an welchem Ort sie so viele Jahre zugebracht hatten. Und mir blieb unbegreiflich, wie sich ein großes Maß an Zuneigung mit so viel Desinteresse vertrug: Warum hast du nie gefragt, ob sie in einem Internat waren oder ob sie eine Familie an Kindes statt aufgenommen hatte? Habt ihr euch nicht geschrieben? Und du sagst, du liebst sie? Dass deine Mutter ihnen Geld schickte? Aber es sieht nicht so aus, als hätte sie sich groß um sie gekümmert, oder? Man hat eher den Eindruck, dass sie die Söhne den Ansprüchen ihres neuen Mannes opferte, sich ihrer entledigte, weil es dem Herrn Kong nicht behagte, sie bei sich zu haben – so beschuldigte ich die Frau, die ich nur einmal im Leben gesehen hatte. Er entschuldigte sie: die Armut. Und ich: Armut rechtfertigt nicht alles. Und er: Was weißt du schon. Er wehrte sich gegen meine Fragen: Nein, auch wenn du dich wunderst, ich habe nicht einmal als Erwachsener mit ihnen darüber gesprochen, ob sie an diesem oder jenem Ort waren. Die wenigen Male, die wir uns getroffen haben, haben wir über andere Dinge gesprochen, über die Arbeit, über ihre Kinder, die ich kennengelernt habe und die mich Onkel nennen (er hatte mir Fotos von seinen drei Neffen gezeigt, die, solange wir zusammenlebten, weder geschrieben, noch angerufen, noch sonst irgendein Lebenszeichen von sich gegeben hatten; sie sind sehr nett, sagte er). Die Brüder seien eben schon in gesetztem Alter, hätten ihr Zuhause, ihre Familie, erklärte er, und ich beharrte: Und du hast es nicht für nötig gehalten, in Erfahrung zu bringen, ob sie, wo auch immer sie gewesen sein mögen, gut oder schlecht behandelt wurden und was die Trennung für sie bedeutet hat? Ob sie dich vermisst haben, wie du sie vermisst hast, war dir all das nicht wichtig? Und er wiederum: Was weißt du schon. Du hast keine Ahnung davon, wie es damals zuging. Michels Erinnerungen waren eigennützig, ergreifend: Er wollte, dass ich ergriffen war. Schuld war immer die Armut und eine unbestimmte Angst vor dem Schicksal, die ausschließlich den Armen zukommt. Doch die Armut rechtfertigt nicht alles, eine Briefmarke und ein Umschlag und ein paar Buchstaben, auf ein Blatt gekritzelt, das hat jedermann in der Hand, sagte ich zu ihm, ohne zu bemerken, dass jedwede seiner Erzählungen zu den Strategien des Jägers gehörten: Eben das habe ich nicht erkannt oder erst vor Kurzem erkennen können, damals habe ich nicht erfasst, dass er der Überzeugung war, das Letzte, was ihm blieb, zu setzen, und er setzte es auf mich. In meinem Alter ist man mit anderem beschäftigt. Man achtet nicht auf solche Details, hält sich nicht mit Nuancen auf. Wie auch immer, ich spreche von den Dingen, die jemand für sich bewahrt und die für die anderen unsichtbar bleiben. Dinge, die ich mir vorstelle oder die ich sage, um etwas zu sagen.

Als Michel noch ein Kind war, rutschte dem Stiefvater öfters die Hand aus, doch später, vielleicht aus Angst vor der zunehmenden Korpulenz des Burschen, hielt er sich zurück, allerdings hatte Michel seinen Befehlen zu gehorchen, sich seinen Launen zu unterwerfen, und sonntagnachmittags bestand der Stiefvater darauf, dass sie zu dritt zum Tanz gingen, Michel, die Mutter und er. Groß und schwerfällig, trampelte er, die Frau im Arm, auf der Tanzfläche herum, nötigte Michel zu alkoholischen Getränken – trau dich, mein Junge – und schob ihn zu einem der Mädchen, die noch an den Tischchen saßen. Lachend erzählte Michel: Fortan hatte ich jedes Mal, wenn ich mich einer Frau näherte, die Empfindung, seinem Befehl zu gehorchen. Ich machte mich über ihn lustig: Du hattest aber kein Problem damit, dich tausenden von Gläsern Pastis zu nähern. Wählerische Phobien. Er lachte, hob den Bierkrug, ließ ihn gegen meinen klirren: Auf den verfluchten König Kong von Lecreux, auf ein Wrack hoch in den Achtzigern.

»Ständig beschimpft er meine Mutter, sie sei ein Trampel, eine Idiotin. Ich halte es keine halbe Stunde in dem Haus aus, aber ich nehm dich mal mit, damit du sie kennenlernst.«

Seit seinem zehnten oder elften Lebensjahr hatte Michel die Ställe der Nachbarn ausgemistet, er mähte Wiesen, brachte das Heu ein, half bei der Reparatur von Dächern, Pferchen und Scheunen, und seine Mutter verdingte sich in der Nachbarschaft für Hausarbeiten, wusch und bügelte und half beim Frühjahrs- und Herbstputz, wenn die Wolle der Matratzen aufgeklopft, Vorhänge und Scheibengardinen ausgewechselt und die Vorratskammern aufgeräumt wurden; währenddessen trank der Stiefvater vor dem Fernseher ein Bier nach dem anderen, und dann und wann verschwand er in dunklem Anzug und weichem Hut und kam erst nachts wieder. Wenn er sie bei seiner Rückkehr bei einem Schwatz in der Küche antraf, höhnte er: Du darfst den Burschen nicht so verwöhnen, er ist jetzt groß genug. Diese Familie liebt Geheimnisse und Verschwörungen, und, klar, die Gefühlsseligkeit. Ihr seid füreinander geschaffen. Wenn es nach deiner Mutter ginge, könnte ich den ganzen Tag lang mit ihr schmusen, so wie sie mit dir. Ihr liebt Märchen. Kitschromane. Im Leben zählt solcher Quatsch kaum. Die Mutter verteidigte ihn: Du musst ihn ertragen, mein Junge, im Grunde ist er kein schlechter Kerl, und großzügig ist er auch. Wer, glaubst du, kommt für die meisten Kosten auf?

Das Bild von Michel vermischt sich in meinem Kopf mit dem des Mannes, der seine Mutter unterjocht, des Typen mit den geschwollenen, unsteten Augen, dem ich begegnete, als wir damals nach Lecreux fuhren. Sein feister Mittelfinger klopft die Asche von der Zigarette, eine Bewegung, die mich verstört, weil sie eine brutale Durchsetzungskraft verrät und mir das Bild des Jungen vor Augen führt, der in seiner Pubertät geprügelt wurde, und ich habe das Gefühl, dass etwas Unerträgliches mich und die Bestie in unserem Schwirren um Michels Körper vereint. Doch das dachte ich nicht an jenem Tag, es war eine Verbindung, die ich erst sehr viel später herstellte. Sie gehörte zur Ausstattung der Liebeskrise mit den nachfolgenden Schuldgefühlen. An jenem Tag erschien mir der rosige, glatzköpfige König Kong mit dem in Fettwülsten eingegrabenen Gürtel lächerlich oder erbärmlich. Michel lachte sich kaputt, als er mir erzählte, wie der Kerl Schaum vor dem Mund bekam und herumstampfte, als er von seinen Verabredungen mit einem verheirateten Mann im nahen Ruan erfuhr:

»Er ist mein Freund, mein Liebhaber. Ich ficke ihn, wie du meine Mutter fickst. Oder besser, du fickst die Mutter, und der aus Ruan fickt den Sohn. Derselbe Beruf, dieselbe Tätigkeit. Kollegen. Ich müsste euch einander vorstellen. Wenn du willst, lasse ich euch einen Nachmittag allein, damit ihr den Kreis schließt und euch gegenseitig fickt.«

»Ich werde noch wahnsinnig, dein Sohn macht mich wahnsinnig. Ich bring ihn um.« Das brüllte der Gorilla. Er wollte seinen Gürtel lösen, um mich auszupeitschen, aber er kam nicht damit zurecht, das Ding blieb in einer Schlaufe hängen und pendelte seitlich des Körpers. Ich sah ihm amüsiert zu, er hatte völlig die Nerven verloren. Er schrie mich an, ich solle mich nie wieder in Lecreux blicken lassen, es sei denn verheiratet: als ganzer Mann. Da ich ihn auslachte und ihm sagte, er könne gar nicht wahnsinnig werden, weil er es schon sei, schlug er mich mit der Faust. Ich packte ihn am Kragen, was erlaubte sich dieser abgebrochene Riese, dass er meine Mutter vögelte, gab ihm kein unbegrenztes Recht. Ich drückte seinen Kopf auf die Fensterbank, klebte mein Gesicht an seins, bearbeitete seine Nase mit der Faust und sagte: Ich bring dich heute nicht um, weil ich nicht will, also schuldest du mir ein Leben, du Schwachkopf. Ich verschone dich nur, weil du mich nicht beschmutzt hast. Wir sind quitt. *Ton trou, mon trou.* Jedem das seine. *Ta bitte, la mienne.*

Mein Vater und ich unterhielten eine Beziehung ähnlicher Art, sie war allerdings weniger körperlich, es gab kein Rütteln und Schütteln, keine Fausthiebe, auch nicht so viel Geschrei, dafür mehr wütendes Gezisch (eine Frage der Klasse) – aber sie war ebenso vergiftet. Mein Vater hatte schlagkräftigere Waffen als den Gürtel und die Fäuste: das Geld, die Firmen, das Erbe, die Art und Weise in der Welt zu sein, all das, was unwichtig scheint, bis man es verliert. Der Bruch mit ihm und die Flucht vor meiner Mutter hatten mich praktisch entblößt nach Paris geführt. Im Jahr darauf, es war Mitte Januar, bat mich meine Mutter inständig, zurück nach Madrid zu kommen. Mein mir angehöriges altes Scheusal hatte einen Infarkt erlitten, und sie wollte, dass wir uns versöhnten. Ich kam von dieser Reise mit einer Notarurkunde zurück, die mir den Nießbrauch zweier Wohnungen in einem alten Mietshaus im Zentrum von Madrid zusprach; deren Rendite überwiesen mir meine Eltern ab Anfang des folgenden Monats auf mein Konto beim Banco Santander. Versprich mir, nach Hause zu kommen, sobald du mit den Vorbereitungen für deine Ausstellung fertig bist, flehte mich meine Mutter an, die drei Hände – seine, meine, ihre – auf dem reinen Laken vereint, das kaum seine bleiche Blöße verdeckte. Er lag in einem Einzelzimmer der Klinik der Berufsgenossenschaft, ausgestattet mit ein paar kitschigen Bildern, einem protzigen, duftlosen Blumenstrauß und Rindsledersesseln – eher ein kleiner Salon denn ein Krankenhauszimmer. Ich versprach es. Ich würde endgültig zurückkehren, sobald die Ausstellung beendet war. Dass ich nach einer Übergangszeit unter seiner Aufsicht die Firma übernehmen würde. Ganz wie ihr meint.

Bei meiner Rückkehr wollte ich Michel nicht von dieser Farce erzählen, auch nicht, dass ich von nun an finanziell abgesichert war. Ich kam keineswegs mit der Absicht, etwas zu verbergen. Aber meine Abwesenheit während des zweiwöchigen Aufenthalts in Madrid hatte sich zu einer häuslichen Tragödie ausgewachsen, und ich ahnte, sobald Michel klar wurde, dass ich finanziell nicht mehr abhängig von ihm war, wäre es für ihn ausgemacht, dass ich ihn in absehbarer Zeit verließ. Das war seine Zwangsvorstellung, seitdem ich meine Reise angekündigt hatte. Ständig murrte er: Ich weiß, wie so was läuft. Glaubst du, ich merk das nicht? Ich kenne das Thema. Es ist nicht das erste Mal.

Ich dachte mir, das mit dem Geld würde er erst nach und nach mitbekommen und es bliebe Zeit für ruhige Erklärungen. Der Abschied am Bahnhof Austerlitz war rührselig gewesen. Drinks am Kiosk, tränende, gerötete Augen, feuchte Lippen, das Flügelschlagen düsterer Vorahnungen. Er stand auf dem Bahnsteig, wurde immer kleiner, während der Zug beschleunigte, und schien mir gealtert zu sein. Das war das erste Mal, dass der aus dem Lot geratene, tragische Michel zu Tage trat, den ich in den folgenden Monaten so oft zu sehen bekam. Vielleicht auch das erste Mal, dass mir in den Sinn kam, dass ich mit einem Mann zusammenlebte, der fast dreißig Jahre älter war als ich. *Je sais bien que tu ne vas pas revenir.*

Ich versteckte zwischen meinen Malutensilien das aus Madrid mitgebrachte Scheckheft des Banco Santander. In unsere Gemeinschaftskasse legte ich kleine Beträge, die ich von dem Konto abhob, das erlaubte mir, mit immer weniger Diskretion, Arbeitsmaterialien zu kaufen. Mir war es langsam egal, ob er meine neue finanzielle Lage entdeckte, ich kann sogar behaupten, dass die Sicherheit mir auch ein Plus in meiner Liebe bescherte, wenngleich ich bemerkte, dass es ihn nicht froh machte zu sehen, wie die Summe, die ich zum gemeinsamen Budget beitrug, immer größer wurde. Er wollte nicht begreifen, dass ich nun, wo ich doch hätte gehen können, es vorzog, bei ihm zu bleiben. Meinerseits tat ich alles nur Mögliche, die Zweifel zu besiegen, die sein Argwohn hervorrief und die mich immer häufiger überfielen, da sich mir der Gedanke aufdrängte, ich könnte ganz anders leben, mich von der Armut lösen, die mir mit dem Vergehen der Tage immer verheuchelter erschien; in Wirklichkeit handelte es sich um eine Darstellung von Armut, die es darauf absah, seine Empfindlichkeit nicht zu verletzen. So etwas wie die Täuschungen, mit denen man bei Kindern den Glauben an den Weihnachtsmann aufrechtzuerhalten sucht, wenn diese zu argwöhnen beginnen, dass die Eltern sie anschwindeln.

Aber ich war verliebt oder wollte in ihn verliebt sein, wo ist da der Unterschied, liebe Jeanine. Nie habe ich ihm wehtun wollen. Ich mochte Michel. Ich begehrte seinen Körper, ich musste über seine Scherze lachen, mich zog das Fleischliche an, das jede seiner Bewegungen offenbarte. Nach all der Zeit weiß ich nicht, ob das, was ich für ihn fühlte, Liebe war (was zum Teufel genau ist das, zu oft haben wir es analysiert, auseinandergenommen, und bei diesem Treiben sind wir durcheinandergeraten und haben es am Ende verloren), aber ich kann schwören, dass es sich um eine Hingabe ohne Widerstand gehandelt hat, nicht, weil ich nicht widerstehen wollte, sondern weil ich nicht widerstehen konnte. Michel zog mich an, und statt zu spüren, dass ich das Maß an Energie, an Güte und Reife dieses Mannes aussaugte, hielt ich mich für großherzig, weil ich jung war und ihn liebte, und nahm die Gefahr nicht wahr. So war es, lieber Jaime: Ich liebte die Einsamkeit in dieser winzigen Innenwohnung in Vincennes, den Regen auf dem unregelmäßigen Kieselbelag des Hofes, die Morgen, an denen ich am Fenster zeichnete und auf der Haut die Wärme des Sonnenstrahls spürte, der auf die Blumentöpfe fiel, die Michel in einer genau bemessenen Distanz platziert hatte, was ihnen zumindest ansatzweise ermöglichte, Chlorophyll zu bilden und grüne, fleischige Blätter zu entwickeln. Das ist der Landbesitz des normannischen Bauern, lachte er, und während er in der Erde scharrte und die trockenen Blätter entfernte, wurden seine immer vom Schmieröl der Werkstatt geschwärzten Hände wieder zu den Händen eines Bauern. Ich mochte die Einsamkeit zwischen den vier schiefen Möbelstücken. Großherzig war die einfache Entscheidung, dortzubleiben, als ich mir aussuchen konnte, woanders hinzuziehen. Es war so. Zumindest ein paar Monate lang war es so.

FÜNF

Die Luft, der Stein, das Flussbett der Seine, nebliger, in Wasser gelöster Pastis, die Farbe der Stadt Paris, wochenlang, die perlgrauen Fassaden, das Grau des Nebels, das sich ausdehnt und jenes der Kais und Brücken umhüllt, monochrom, feucht und obsessiv, bis, ganz plötzlich, die Luft sich in unendliche Partikel zerteilt und die Schneeflocken ein pointillistisches Gemälde bilden. Wir liefen stundenlang herum, und wenn uns die Kälte besiegte, flüchteten wir uns ins Kino, in Ausstellungen. Michel schlief im Kino ein, den Kopf auf meiner Schulter, sein Atem feucht an meinem Hals – ich stehe eben so früh auf. Er langweilte sich in den Ausstellungen, überspielte es aber: Ich bin glücklich, wenn ich dich glücklich sehe, die Bilder gefallen mir gut, auch wenn deine besser sind. Wir besuchten Bars, und wenn wir keinen Centime mehr hatten, setzten wir uns in die Kirchen. Durch Michel erfuhr ich, dass viele der Pariser Kirchen gut beheizt sind. Wir spazierten durch die Stadt, und wenn wir Schutz vor Regen oder Kälte suchten, gingen wir in diese Kirchen. Am Ende hatten wir unsere eigene Route: Notre Dame kam nicht in Frage, sie war zu laut, ungemütlich und aufdringlich mit all den Touristen, die ständig hin und her liefen und Fotos schossen. Wir zogen die Madeleine vor, Saint-Étienne-du-Mont; Saint-Paul, ganz nah an der Place des Vosges, eine Kirche, die wir beide sehr mochten; in Saint-Gervais-Saint-Protais erklärte ich ihm, während er selig an meiner Schulter eindämmerte, dass dort die Familie Couperin die Orgel gespielt hatte. Auf einer Bank sitzend verbrachten wir Stunden damit, dem Spiel von unsichtbaren Organisten zu lauschen, wir lasen Zeitungen und Zeitschriften und legten heimlich Hand aneinander an. In den belebten Straßen im Zentrum, auf dem Boulevard Saint-Michel, auf der Place de la Bastille, in den Anlagen des Trocadero, auf der ungastlichen Fläche der Place des Innocents (klopf auf Holz, das war früher ein Friedhof, sagte ich, der ich es im Führer gelesen hatte, der Platz steht unter einem schlechten Stern, da hat einer geschrieben, dass sich hier die Bettler den Hintern an den Knochen der Toten wärmten), im Forum des Halles, überall fanden wir in der Menge ein warmes Nest, in dem wir uns beschützt fühlten. All diese Personen kamen uns zur Hilfe, sie dienten uns als Batterie, denn aus uns selbst herauszugehen, uns unter die Leute zu mischen, erneuerte die Energie, die uns in den ersten Zeiten stimuliert hatte und die jetzt zu versiegen schien. Wir sahen die Pärchen miteinander schäkern und sich lieben, und diese Liebe war ansteckend. Ich bin davon überzeugt, dass auch er allmählich merkte, dass, blieben wir an Feiertagen in der Wohnung, die Luft im Zimmer sich mit einem nervösen Vibrieren auflud, das keiner von beiden beherrschen konnte. Am meisten fürchtete ich die Wochenenden, an denen wir keinen müden Francs mehr hatten und ganze Nachmittage im Bett verbrachten: Ich war übersättigt vom ständigen Körperkontakt, und das wiederholte Gerammel war mir schließlich widerwärtig.

An sonnigen Tagen spazierten wir durch den Bois de Vincennes, wälzten uns im Gras, das um einen abgelegenen, kaum besuchten See wuchs (keine Sorge, zieh nur die Hose runter, wenn das die Kerle machen, die mit den Transvestiten bumsen, warum sollten wir es nicht machen), wir betrachteten die vorbeigleitenden Gänse: Beine und Schwanz im Wasser hinterließen sie eine Schaumspur, wenn sie knatternd mit den Flügeln schlugen. Nur einen kurzen Moment lang, der Augenblick, wenn sie abhoben, sogleich waren sie in der Luft, stießen mehrere Krächzlaute aus und verloren sich über den Baumkronen. Wir durchquerten die Stadt mit der Metro bis zum Bois de Boulogne, liefen zum Park Buttes-Chaumont, den er, ich habe nie erfahren, warum, am liebsten mochte.

Meine Reise nach Madrid und die finanzielle Erleichterung, die ich von dort mitbrachte, bedeuteten den Wendepunkt in Michels Verhalten. Ich glaube, er witterte die Zeichen: der fast unsichtbare Haarriss in einer tragenden Wand, den anfangs nur der Fachmann wahrnimmt: ein Hinweis auf die künftigen Mauerrisse, die zum Einsturz des Gebäudes führen werden. Ich habe nichts bemerkt. Tatsächlich war ich auf der Rückreise im Zug so überschwänglich glücklich darüber, in die mit ihm geteilte Einsamkeit zurückzukehren, dass ich die ganze Fahrt über in ein Heft schrieb, das ich am Kiosk des Bahnhofs Chamartín gekauft hatte und noch lange aufbewahrte. Während der Nachtzug durch das eisige Kastilien fuhr, schrieb ich über den launischen (und großzügigen) Fluss des Lebens, der uns zusammengeführt hatte, und über die glänzenden Schienen, auf denen der Zug voranglitt, um uns wieder zu vereinen. Ich schrieb auch über diesen anderen Fluss, die Seine, auf den wir ständig bei unseren Wegen trafen: vorörtlich in der Gegend von Ivry; eine traurige Wunde zwischen zwei Brachen mit Baustellen – die monströsen öffentlichen Gebäude, die Mitterand errichtet – am Ausgang des Bahnhofs Austerlitz und, auf der anderen Seite, am Quai Bercy; der schönste Fluss der Welt, zwischen den alten Steinen der Stadt strömend, die für mich immer noch die wunderbarste von allen war. Auf den Seiten des Hefts beschrieb ich die Bahnlinie als einen Fluss, der uns vereinte: Sie ist unser Fluss, sie führt immer von dir zu mir, feste Eisenbande von Station zu Station: Madrid-Chamartín/Paris-Austerlitz. Solche Dinge schrieb ich. Mir ist das Schreiben nie leicht von der Hand gegangen, das Zeichnen, die Farben, das ist meins; außerdem ist es nicht leicht, Glück auszudrücken. Alle Schriftsteller sagen das. In der Malerei geht das leichter. Schau dir Matisse an, mit diesen so etwas wie Ringelreihen tanzenden Leuten, oder die belebenden Farben von Dufy, allerdings wird man beim Betrachten ihrer Bilder eine gewisse Melancholie nicht los. Vielleicht weil es das Glück im Reinzustand gar nicht gibt. Ich bemühte mich, Dinge zu notieren, die nach Transzendenz strebten, und ich nehme an, dass es nichts anderes als Gemeinplätze waren. Wer weiß, wo das Heft hingekommen ist. Ich hatte es ganz vergessen. Es wird Jaimes Brief gewesen sein, der mir diese Dinge zurückgebracht hat. Eher ahne als erinnere ich, was ich damals schrieb, und rekonstruiere es jetzt: die Phraseologie der Liebe, ihre Rhetorik, ihr universeller Anspruch; sie will von uns verstanden werden als etwas, das aus der Tiefe der Natur hervorgeht und zugleich fähig ist, als Verpackung für das gesamte Universum zu dienen. Ohne das Feuer der Liebe: leere Himmel, tote Meere, blumenlose Gefilde. Eine Vorstellung, mit der uns, so glaube ich, die Romantiker und Surrealisten infiziert haben (irgend so etwas habe ich in einem Buch von Breton gelesen). Vor ihnen hat es sie, glaube ich, nicht gegeben, obwohl, ich rede so dahin, es gibt schließlich die Ritterromane, die Liebesgedichte der Klassiker, ich bin da nicht so beschlagen. Es heißt bei ihnen auch, dass die Verliebten sich zuständig für die Menschen fühlen, die sie lieben, und sogar auf eine vage Weise verantwortlich für ihre Vergangenheit, oder besser, für das Leiden der Vergangenheit. Das habe ich selbst erfahren: Mich schmerzte der Michel, den ich nicht gekannt hatte. Seine Kindheit in Lecreux, das Fehlen des Vaters, die Brutalität des Stiefvaters, die Jugend in Ruan mit einem älteren Mann, in dessen Schreinerei er eine Weile arbeitete (er hat unter mir gelitten, ich war zu jung, rechtfertigte er vor mir das Ende jener Geschichte, und wenn ich jetzt daran denke, fallen mir gewisse Parallelen auf), die Enttäuschungen, die Liebhaber, Antonio, Ahmed: Es schmerzte mich, weil all das zu ihm gehörte, zu dem, was ich liebte, was beschmutzt worden war und was ich zu erlösen hatte.

Der Zug, der mich nach Paris zurückbrachte, fuhr durch schweigsame Ebenen unter einem eisigen Mond; die Schienen, der glänzende Fluss aus Erz, der uns verband, überquerte das Gebirge von Guadarrama, die steinige Steppe von Burgos, die Wälder im Süden Frankreichs. Die bestirnte Nacht umgab alles mit einer prächtigen Umhüllung. Die Gefühle aufschreiben, sie für immer aufbewahren: solche Dinge schrieb ich. Und ich erinnere mich daran jetzt, da das Heft seit Monaten verschwunden ist und die Gefühle, die jene schlaflose Nacht des fiebrigen Schreibens möglich machten, seit einem Jahrtausend verflogen zu sein scheinen. Der *amour fou* der Dichter des Surrealismus und die elende Wirklichkeit irgendeines Paars, mit seinem selbstsüchtig eingeengten Blickwinkel: du und ich, mein Schatz, wir haben es gut, mag doch die Welt untergehen, was kümmert es uns, solang wir beieinander sind: die Liebe, ein lähmendes, pessimistisches Gefühl (mit dir oder tot; mit dir, auch wenn ich tot bin; mit dir bis in den Tod) – und oftmals schmutzig. Ich diskutiere darüber mit Bernardo, für den die Liebe eine glückliche Täuschung ist, der man sich lustvoll unterwirft. Du befeuerst sogar die Täuschung, wirfst Holzscheite in die Flammen, wenn du siehst, dass sie an Kraft verlieren, sagt er, reines Blendwerk, das Reich der Willkür, und klar, auf Kriegsfuß mit jeder klaren Analyse, du gibst dich hin oder gibst dich nicht hin: ein Feuer, das sich von selbst entzündet, und dann, wer weiß, warum, verlöscht. Ich erwidere ihm, Sex habe unvermeidlich etwas Trübes, es gäbe keine Möglichkeit, ihn zu läutern. Schwierig, ihn irgendwo einzuordnen, beharre ich. Gewalt zwischen zwei Körpern, oder von einem Körper gegen den anderen. Verseuchung. Die Topografie der Pariser Liebe, für mich hat das weniger mit surrealistischen Gedichtsammlungen – der Rhetorik der Bücher von Aragon für Elsa – als mit den Aktivitäten des finsteren Doktor Destouches zu tun, seinen Arztbesuchen, das Köfferchen mit Bismuth und Quecksilber gefüllt, will er die Folgen der Liebe lindern in einem Netz von schäbigen Stundenhotels, mit Bett und Bidet möblierten Zimmern (oder nicht einmal das, eine Waschschüssel und allenfalls ein Handtuch) und in Wohnungen, in denen skrupellose Puffmütter walteten. Ich spreche von der Liebe vor einem halben Jahrhundert, die von heute ist noch düsterer: die Körper, denen ich in den Krankenhausgängen begegnete, jene, die schon nicht mehr aufstehen konnten, die ihrem Schicksal überlassen in den Betten lagen, verurteilt ohne Hoffnung auf Gnade. Welche Rhetorik könnten wir bemühen, die uns dieses Ende des 20. Jahrhunderts versüßt? Wer wird daraus poetische Funken schlagen? In meiner Malerei suche ich nach diesem Aufblitzen von Glück, das ich bei Matisse erahne, ich male weiter Seestücke, zarte herbstliche Landschaften und klassische Architektur, Giebel, Säulen, Freitreppen, weite Räume unter dem belebenden Licht des Südens; vor allem male ich Körper von klassischer Vollkommenheit im Raum dieser Landschaften und vor dem Hintergrund dieser Architektur, die Schönheit zu fixieren suchte: Der Körper von Michel, der mich verführte, taucht auf einigen Bildern und einer Menge Zeichnungen auf, seinen Körper der letzten Tage – Holbeins schrecklicher Christus im Grabe – möchte ich am liebsten vergessen.

Beim ersten Tageslicht tauchte die Seine für einen Augenblick zwischen den Bäumen auf, die parallel zur Bahnlinie an mir vorbeiflitzten. Der Zug sollte in wenigen Minuten Paris erreichen. Vom Wasser stieg der Nebel wie eine Rauchfahne auf. Ich erkannte die Landschaft als die meine, ein sentimentaler Besitz. Gegen Abend in der Wohnung, nach dem Café-Calva mit Jaime in der Bar Ecke Château de Vincennes, gleich neben der Bushaltestelle Ivry, schließt sich zwischen zerwühlten Laken Michels Körper zu einem angespannten Ring, der mich gefangen nimmt. Im Spiegel das Fleisch aus weichem rosa Marmor unter dem meinen, das eher olivfarben ist – die Farbe der südlichen Haut, die Michel blendet. Die Zähne nagen an meinen Fingern, während ich in ihn eindringe. Ein paar Stunden vorher hatte ich in mein Heft geschrieben: Ich denke an Michels Körper wie an meine eigentliche Heimstatt, ein Haus, in dem ich der einzige Bewohner bin. Michel ist mein Haus, schrieb ich wie eine Bekräftigung gegen die rinderhafte Beschränktheit meines Vaters und die Unersättlichkeit meiner Mutter. Mich tröstete das Gefühl des Besitzes, ihr habt das Eure, euren Besitz, ich habe meinen, er heißt Michel, dachte ich, während ich ihr Geschwätz bei meinem Madridaufenthalt über mich ergehen ließ: Du kommst, übernimmst, nimm dir die nötige Zeit, es kann nicht sein, dass deine Vettern sich da breitmachen, es wäre ein Ärgernis, wenn dein Onkel und sie am Ende für dich einspringen müssten, die von außen kommen, statt die vom Haus.

Je suis à toi, sagt Michel, als sei er krank oder berauscht, wimmert er bei meinen Stößen, um in ihn hineinzukommen, und ich, ebenfalls krank und berauscht, möchte noch weiter kommen, in ein unmögliches Inneres. Es ist wunderbar, frei über einen Körper zu verfügen. Aber man wird auch von Schwindel erfasst. Ich frage ihn, ob er mich drinnen spürt, und er sagt: Ich spüre dich so weit drinnen wie nie. Ich sehe seine Augen, in denen zugleich Begierde und Hingabe liegt, und ich, dort drinnen, befriedige sein zweifaches Streben. Der Bewohner in seinem Haus, ein tatkräftiger Angestellter, ein stolzer Besitzer.

Nur ein paar Tage nach diesem Abend schrieb ich in das Heft, ich sei rückwirkend eifersüchtig auf jene, die vor mir eingedrungen waren (und bemühte mich, mir kein Bild von ihnen zu machen). Jene, die mir vorangegangen waren. Als könne man bei den Lebensläufen den Rückwärtsgang einlegen, wollte ich mich als ausschließlicher Besitzer fühlen. Und dennoch überkam mich Angst, wenn alles vorbei war. Ich hatte den Eindruck, dass seine Augen kalt und prüfend wurden, besitzergreifend, als wäre es ihre Absicht, mich dort einzusperren. Die sexuelle Befriedigung als Sklavenarbeit. Die blonden Wimpern, unter dem Licht kaum sichtbar, ließen den Blick starr wirken. Ich bestimmte sie: die Augen eines Reptils. Ich erinnere mich genau daran: Ich schrieb das Wort *Reptil* und konnte mich von dem Augenblick an nicht mehr von dem einmal Benannten befreien. Der Kopf dreht sich auf dem breiten Hals, wachsam, zeigt sich im Profil, und es ist der Kopf einer Schlange, misstrauisch belauert sie die kleinste Bewegung der Beute, die entkommen will. Die Iris verlor ihre grünen und bläulichen Reflexe und wurde gelb, fast unmenschlich. Die gleiche gelbe Färbung und Starrheit wie einige Monate später, wenn wir uns verabschiedeten und er mich hinter der verglasten Tür stehend musterte, in Erwartung der nächtlichen Albträume, von denen er erzählte. Sie fesseln mich und zwingen mich, grauenvolle Dinge auf einem Bildschirm anzuschauen. Das erzählte er mir am Telefon, als er schon fast blind war. In den vergangenen Wochen hat er mich mehrmals in Madrid angerufen, er beklagt sich und bittet mich, ich solle ihn da rausholen. Ich habe nichts aufgeschrieben, ich schreibe nichts mehr in mein Heft, weiß nicht mal, wo es abgeblieben ist. Ein paar Monate zuvor hatte ich noch viel notiert, Sätze, die Liebe oder Leidenschaft ausdrücken sollten, doch beim Aufschreiben entdeckte ich allmählich, dass dieses Heft kein Stein war, auf dem die Worte für immer eingemeißelt blieben, sondern eine schlammige Oberfläche, in der sie versanken und kaum eine Spur hinterließen. Das aber war, glaube ich, nach dem Besuch meiner Mutter, oder als ich beschloss, seine Wohnung zu verlassen. Ein paar Monate zuvor hatte ich die Stelle im Zeichenteam von Cormal bekommen, eines der aktivsten Möbel- und Einrichtungsunternehmen in Paris. Es handelte sich nicht um eine anspruchsvolle Aufgabe, meine Beschäftigung war eher die eines Hilfsarbeiters der Bleistifte, der letzte Mann des Teams. Ich zeichnete mit vier oder fünf anderen Unglücksraben in einem heruntergekommenen, übelriechenden Büro – das allerdings in einem luxuriösen Gebäude in der Avenue Montaigne lag –, war einem halben Dutzend Chefs unterstellt. Bis ich die neue Wohnung mietete und umzog, hatte Michel die Streitigkeiten, die Spannungen zwischen uns nicht richtig ernst genommen; er hielt es für einen Scherz, wenn ich ihm sagte, wir sollten uns eine Pause gönnen, und dass es besser wäre, uns für eine gewisse Zeit zu trennen. Er ging von der Prämisse einer absoluten Liebe aus, Himmel Erde Hölle Meer Wind Sonne und Mond, und bezog sie auf den Alltag. Wer sich liebt, der streitet sich, und je mehr Streit, desto größer die Liebe, sagte er, dich und mich bringt keiner auseinander: Eine gute Schweißarbeit, bei der die Stoffe sich eingeschmolzen vermischt haben und man nicht mehr erkennen kann, was zu dem einen und was zu dem anderen Teil gehört hat.

Ich sagte, Michels Verhalten habe sich bei meiner Rückkehr aus Madrid verändert, doch denke ich jetzt darüber nach, meine ich, dass es nicht exakt so war, sondern erst etwas später einsetzte, als ich die Wohnung mietete, aber egal; tatsächlich zog er schon vor meinem Umzug ein beleidigtes Gesicht, das fiel wohl eher mit dem Auftauchen meiner Mutter in Paris zusammen, die wohl gedacht haben mag, dass es nun, da ich mich mit meinem Vater versöhnt hatte, an der Zeit war, die Bande der Liebe, oder der Unterwerfung, oder der Beherrschung, mit denen sie mich jahrelang gefesselt hatte, neu zu knüpfen. Sie rief an, sagte mir, sie komme für ein paar Tage nach Paris, ich müsse mich aber um nichts kümmern, da sie schon ein Zimmer in einem kleinen Hotel in der Rue des Saints-Pères reserviert habe, wo sie auch bei anderen Gelegenheiten abgestiegen sei.

Ich holte sie an der Gare d'Austerlitz ab, und während wir uns küssend begrüßten, prüften ihre Augen den Zustand meiner Kleidung, der exzellent war: Ich hatte mir das Jackett von Armani und ein Hemd von Ralph Lauren angezogen, Stücke aus der Garderobe, die ich aus Madrid mitgebracht hatte und sorgsam pflegte. Sie erfasste sogleich die Herkunft: Das Jackett, das du vor drei Jahren gekauft hast, ist von sehr guter Qualität, es hat sich makellos gehalten. Klar, die Italiener wissen zu schneidern. Sie wartete vierundzwanzig Stunden ab, um mir dann zu sagen: Du siehst ein wenig wie der Angestellte aus, der das trägt, was der Chef bei der Säuberung seiner Schränke ausgemustert hat (sie sagte nicht Dienstbote, was sie gern gesagt hätte). Sehr elegant, aber außer Mode. Ich plauderte mit ihr, schlug den Ton an, den sie mochte, und machte Scherze, die sie, wie ich wusste, amüsierten. Und hörte mir ungerührt an, wie sie mich auf Französisch fragte: Willst du mir denn nicht deinen Freund vorstellen?

Am Tag darauf holte ich sie im Hotel ab, wir wollten in das neue Museum am Quai d'Orsay, und ich lachte dämlich und wechselte das Thema, als sie erneut darauf drängte, *deinen* Michel kennenzulernen. Alles wie im Spiel: Oder bin ich etwa nicht auf seiner Höhe? Sie sagte es in dem Französisch einer Sacré-Cœur-Schülerin, die Sommerferien in Biarritz oder Dinard oder Deauville verbracht hatte und die Winter in Chamonix oder wer weiß wo, doch stets in einem hochgestochenen Ort. Ich sah sie, sah mich, wie ich über die Anekdoten lachte, die sie von ihren Freundinnen erzählte, ihre Beobachtungen über Essen und Mode, ihre Kommentare zu Frisuren und Kleidern an unserem Nachbartisch, über das imposante Armband mit Saphiren und Brillanten, das die alte Dame am Tisch ganz hinten jedes Mal herzeigte, wenn sie die Kaffeetasse zum Mund hob, oder über die fehlende Anmut – Watschelente – eines jungen Mädchens, das an der Terrasse vorbeistöckelte; und während wir uns so unterhielten, konnte ich nicht verhindern, die Szene durch den Filter von Michels Blick zu sehen, und bei dieser Umleitung wurden wir beide zu lächerlichen Figuren; Gestalten aus einem Brecht-Stück oder einer Vignette von Otto Dix, Karikaturen bürgerlicher Dummheit und Grausamkeit. Gleichzeitig und parallel dazu erfuhren alle meine Worte (und sogar meine Gedanken) in der Berührung mit ihr eine vernichtende Brechung: Widergespiegelt kamen sie zurück, allen Sinns entledigt, den ich ihnen hatte geben wollen: Soll ich's sagen? Sie kamen zerlumpt zu mir zurück.

Ich fuhr mit der letzten Metro zurück nach Vincennes, Michel schlief schon, oder tat, als schliefe er, ich legte mich ins Bett, kuschelte mich an seine Seite, und er streckte den Arm aus, legte ihn auf meine Hüfte, legte das Bein über mich und drückte sich an mich; mit der Hand suchte er mein Geschlecht. *Qu'est-ce que maman lui raconte, à son fils? Où est-ce qu'elle l'a emmené aujourd'hui?* Ich lache, erzähle ihm Anekdoten: Meine Mutter ist völlig bescheuert. Sie redet mit den Kellnern im Café in einem Französisch, das nicht einmal mehr die Nachkommen von Ludwig dem XIV. sprechen, und behandelt sie, als hätten sie ihr Handwerk bei Escoffier gelernt, dabei sind es Jugoslawen oder Griechen, die davor auf einer Baustelle in der Banlieue gearbeitet oder auf einer steinigen Insel Ziegen gehütet haben. Michel versteht den Witz nicht oder findet ihn nicht lustig oder ist noch halb im Schlaf. Er gähnt: Wer war Escoffier?, sagt er, klingt irgendwie bekannt *(ça me dit quelque chose).* Einmal, als ich nachts wieder spät heimkomme, singt er mir ins Ohr: *Cet homme inconnu qu'aujourd'hui je ne connais plus.* Und diesmal haben die Worte eine gewisse Wirkung. Ich weiß nicht, ob durch die Art, in der er sie trällert, oder durch meine Art, sie zu hören. *Il y avait ton corps et je me noyais en toi,* fährt er mit diesem Chanson fort, eine Platte, die er in letzter Zeit auflegt, obwohl (oder weil) er weiß, dass sie mich nervt, und bringt das Lied mit einem Seufzer zu Ende, der tragisch klingen will ... *jusqu'à tomber mort.*

Der Optiker fummelt an deinen Augen rum, er lässt dich eine Zeit lang leiden, damit du danach besser sehen kannst. Eine Wirkung dieser Art haben die Gespräche mit meiner Mutter (Ansteckung und Beeinflussung durch schlechte und gute Gesellschaft, erklärten die Jesuiten in meiner Jugend, die Berührung mit fremden Meinungen wirken, auch wenn du es nicht willst, per Osmose auf die deinigen, deshalb muss man bei der Wahl der Menschen, mit denen man sich zusammentut, so vorsichtig sein). Während wir über die Bilder von Schiele im Beaubourg oder die von Fantin-Latour im Musée d'Orsay reden, kann ich die Wohnung nicht aus dem Kopf bekommen, meine Malutensilien, aufgehäuft in einer Ecke der hinteren Kammer, die allgemeine Enge, Michels karierte Hemden, die Trauerränder unter seinen Nägeln, der Geruch nach Gitanes und Alkohol, die verkommene Bar der Marokkaner, die Mühsal meiner Arbeit als Zeichner im Büro von Cormal. Alle Details bekommen den Wert von Daten, die für eine Analyse herangezogen werden können (selbstverständlich mit vernichtendem Resultat). Mein Leben – über das ich schweige, von dem ich nicht erzähle, weil ich nicht davon erzählen kann – erscheint mir wie von ihren Augen gefiltert, was fürwahr eine lehrreiche Übung in Sachen Realismus ist. In ihrem Bestreben, alles zu besichtigen – Ausstellungen, Gedenkstätten, die sie schon mal mit meinem Vater, ihren Freundinnen besucht hat –, schleppt sie mich von hier nach dort, hört dabei nicht auf zu reden, und mit diesem Geplapper gelingt es ihr, mir bewusst zu machen, dass ich auf keine ihrer Fragen antworten kann, auch nicht auf jene, die sie gern stellen würde, sich aber bewusst verkneift, von denen ich aber weiß, dass sie in ihrem Inneren rumoren, und deren bloße Zugehörigkeit zur Welt des Möglichen (Ist die Wohnung groß? Hast du Platz und Licht zum Malen? Hat er eine gute Stellung in der Firma, für die er arbeitet? Was genau ist seine Fachrichtung?) bewirkt, dass ich mich wie die Kinder fühle, die in die Welt der Erwachsenen zurückkehren, nachdem sie in der Hütte gespielt haben, die sie sich aus Lumpen und Kartons zusammengebaut haben. Das, was ich habe, was ich hier in Paris erreicht habe, erscheint mir zerbrechlich und, vor allem, provisorisch. Ich kann ihr nichts erzählen, was nicht erfunden wäre, ich kann ihr keinen der Orte, die ich frequentiere, zeigen, nicht die Wohnung, in der ich lebe, nicht den Freund, mit dem ich schlafe, nicht die Küche nicht den Tisch nicht das Bett.

Michel hört Musik vom Plattenspieler, *Rainy nights on Haussmann Boulevard*, begleitet pfeifend die Sängerin; er liegt auf dem Bett und schaut fern, bereitet sein Abendessen, öffnet eine Dose *flageolets* und brät sich eine *andouillette,* der er viel Senf zufügt, er kocht zwei Eier für die Vormittagspause in der Fabrik (er macht das täglich), legt die Kleidung für den nächsten Tag zurecht und geht in eine der Bars von Vincennes oder in einen Waschsalon; oder er stellt sich in die Schlange beim Bäcker, um das Abend-Baguette zu kaufen, während meine Mutter und ich in einem Restaurant in der Nähe des Hotels in der Rue des Saints-Pères zu Abend speisen oder aus einer der ersten Reihen den Auftritt von Jeanne Moreau in einer Bearbeitung eines Werks von Hermann Broch verfolgen. Das Wien zwischen den Kriegen ist in Paris angesagt, eine große Ausstellung im Beaubourg war der Auslöser dafür. Der Titel war *L'Apocalypse joyeuse*: Das war damals eine moralische, politische Plage und endete in einer militärischen Katastrophe; heute sprechen wir von einer physischen Plage, einer Krankheit: Beide hinterlassen einen Haufen Leichen. Wiener Maler, Wiener Architekten, Wiener Schriftsteller, Kunstgewerbestücke im Original oder in Kopien: Überall werden sie gezeigt, in den Museen und Ausstellungshallen, in den Schaufenstern der Buchläden, im Kunsthandel; all diese Jugendstilvoluten, der Glanz der goldenen Schuppen auf den Gemälden und Gebäuden der Sezession bringen mir das schwächliche Kind zurück, das bunte Vögel, Blumen und Wolken malte, ein Foto von ihr ausschnitt, es auf ein Blatt klebte und mit einem Kranz umgab, Blätter und Blüten, sorgfältig gezeichnet und ausgemalt, als seien es Mosaiksteinchen, wie Klimt sie auf seinen Bildern vortäuscht; das Kind begleitete sie zu Konzerten, und wenn sie beide im Taxi nach Hause fuhren, summte er leise die eben gehörte Musik. Als ich ihr ein Porträt von ihr selbst schenkte, das nicht aus einem Foto ausgeschnitten und später koloriert und mit irgendeiner Collage geschmückt war, sondern von mir gezeichnet und gemalt, weinte sie vor Glück. Ihr einziger Sohn. Du wirst mir immer alles erzählen, nicht wahr? Jemanden zu haben, mit dem man Geheimnisse teilen kann. Du weißt nicht, wie wunderbar das ist.

Zehn Jahre später wedelt sie mit einem Blatt Papier. Und was soll das bedeuten? In der anderen Hand hält sie ein halbes Dutzend Briefumschläge. Das bedeutet, dass du in fremden Schubladen wühlst, antworte ich. Sie lässt die Umschläge auf den Boden fallen und sich selbst in einen Sessel und bricht in Tränen aus: Der geblümte Morgenmantel hebt sich von dem Bezug des Sessels ab, einem matten Dunkelgrün mit feinen silbrigen Streifen. Sie hat die Beine angezogen und neigt sie nach rechts, ein Knie guckt aus dem Morgenmantel, ein kleines Tier, verlassen zwischen Seidenblumen. Sie hat gerade die Briefe entdeckt, die mir Bernardo, von dem ich mich vor einigen Tagen getrennt habe, in den letzten Monaten geschrieben hatte.

Sie bat mich: Bring mir ein Taschentuch, mach schon. Und als sie sich die Tränen trocknete: Endlich hast du es geschafft, dass auch ich im Untergrund gelandet bin (sie bezog sich darauf, dass ich einige Jahre zuvor, in meiner Studentenzeit, für ein paar Stunden festgenommen wurde, weil ich eine Tasche mit Flugblättern bei mir hatte, die zu einem Streik der Bauarbeiter aufriefen). Jetzt sind wir schon zwei in der Familie. Sie tat mir leid. Ich dachte, dass sie nie würde sagen können: Meine Enkel, ich bin ganz hin und weg, diese beiden Engelchen mit den blonden Haarsträhnen. Sie weinte untröstlich. Ich versuchte, sie zu trösten: Mama, von welchem Untergrund redest du denn, mein Freund hat eines der besten Antiquitätengeschäfte in Madrid und ein ordentliches Paket Aktien und so etwas wie einen Adelssitz in Santander, und er liebt mich, auch wenn wir uns jetzt wegen meiner Schuld gestritten haben, was für eine bessere Zukunft kannst du dir für mich wünschen? Sie weinte noch untröstlicher. Dass ich so etwas sagte, fand sie zynisch: Rede keinen Unfug.

Jetzt in Paris kauft sie mir Hemden, Schuhe und Hosen, alles Markenware, und bei Fauchon ausgewählte Delikatessen; sie belädt mich mit Einkaufstüten, deren Signets in der Metro begafft werden. Mit ihnen kehre ich jeden Abend heim und lasse sie, sobald ich durch die Tür bin, im Hinterzimmer fallen. Morgens höre ich vom Bett aus das spöttische Pfeifen von Michel, der sich im Nebenzimmer ankleidet und nach und nach die neuen, auf dem Boden oder dem Klappbett liegen gelassenen Tüten entdeckt und im Kühlschrank die Dosen mit Foie gras und die Gläschen mit ein paar Trüffeln aus dem Périgord sieht. Sag deiner Mama, sie soll den Pastis nicht vergessen, der Winter in Paris ist lang, sagt er und küsst mich, schon auf dem Sprung zur Arbeit, und trällert das Lied: *Non, je n'etais pas …*

Am vorletzten Tag sucht meine Mutter in der Galerie Printemps einen billigen Pullover aus und breitet ihn auf der Theke aus: Der macht was her, sagt sie, der ist geradezu kühn, er könnte als Markenware durchgehen. Ich denke, sie will der Köchin oder dem Gärtner ein Geschenk mitbringen, sie fügt jedoch hinzu: Obwohl, wird er deinem Freund passen? Sag doch mal was, bitte. Guck nicht so. Jedes Abkommen mit dir erinnert an das von Stalin und Churchill in Jalta, ein Hin- und Hergezerre zwischen den Westmächten und den Russen, keiner will eine Handbreit Land abgeben. Ich sagte: Ich nehme an, der Russe bin ich. Und sie: Du hast es mir nie leicht gemacht. Ich weiß nicht, mit wem mein Sohn zusammenlebt, er aber erwartet, dass ich mir keine Sorgen mache. Sie war lauter geworden, nicht sehr, doch laut genug, um den Blick von einem halben Dutzend Kunden und ein Paar Angestellten auf uns zu lenken. Die Franzosen sprechen leise, erinnerst du dich nicht? Du selbst hast mir beigebracht, dass man immer leise sprechen muss. Und du willst, dass ich dich wie eine ganz normale Person behandle, aber normale Personen stellen ihre Freunde der Mutter vor, der Familie. Sie hatte recht. Im Leben der Leute läuft es gemeinhin so ab. Vielleicht war ich deshalb in der Lage, eine Entscheidung zu treffen: Ich ließ sie dort stehen, mitten in der Herrenabteilung des Kaufhauses Printemps, den Pullover in der Hand. Ich ahne, dass diese Nacht sich als eine der traurigsten in ihre Biografie eingeprägt haben. Ihr höchst persönliches Grab. Oder, um mich auf die Höhe ihres napoleonischen Stolzes zu stellen, ihre bittere Niederlage von Bailén. Auch für mich war es kein ruhmreicher Moment, denn ich fürchte, ich habe mich nur vor der Angreifbarkeit meiner Argumente aus dem Staub gemacht. Auf der Rückfahrt in der Metro dachte ich an die Worte von Bernardo, meines Madrider Liebhabers, bevor ich ihn verließ, um mich auf der Flucht vor meiner Familie, und nebenbei auch vor ihm, nach Paris abzusetzen: Du hast es nicht geschafft, die Scheiße loszuwerden, die dir die Jesuiten in den Kopf geschmiert haben, auch nicht das Schuldgefühl, das dir deine Mutter mit ihrem Geheul aufgedrückt hat (nach der Geschichte mit den Briefen hatte sie uns einmal beim Küssen im Wohnzimmer ertappt und erneut geweint).

Als ich sie am nächsten Tag im Hotel abholte, um sie mit dem Taxi zum Bahnhof Austerlitz zu bringen (die Eisenbahn war ihr immer zivilisierter als das Flugzeug erschienen – der Abschied auf dem Bahnsteig, das Schlafabteil, der Speisewagen: Im Flugzeug wirst du wie ein Paket behandelt, wie Vieh), gab sie mir den Pullover in einer Markentüte (ich hielt sie für fähig, nachts ein falsches Etikett eingenäht zu haben), und wie um ihre Kleinlichkeit zu unterstreichen, drückte sie mir die Rechnung von Printemps in die Hand: Gib acht, verlier sie nicht, man hat mir gesagt, du kannst ihn umtauschen, falls er ihm nicht passt. Wir saßen im Taxi, und ihre Worte versiegten in einem Schluchzen. Um nicht erneut mit ihr zu streiten, nahm ich die Tüte, und eine halbe Stunde später, nachdem ich beobachtet hatte, wie das Händchen, das im Zugfenster winkte, immer kleiner wurde und verschwand, warf ich die Tüte in einen Papierkorb im nahen Jardin des Plantes. Ich atmete tief durch, weil sie meinem Blick entschwunden war, verspürte aber keinerlei Lust, zurück nach Hause zu gehen und Michel zuzuhören. Ich betrank mich.

Michel, an meiner Seite liegend, wühlt zwischen seinen Beinen auf der Suche nach der Lust, die ich einen Augenblick zuvor erreicht habe. Er klammert sich an mir fest, nimmt mich gefangen in seiner Umarmung. Mit der anderen Hand reibt er sich mit schnellen Bewegungen den Schwanz. Ich kann das Klopfen der Faust gegen den Bauch hören, das leichte Rinnen der Körpersäfte bei jeder Bewegung. Unter anderen Umständen hätte sein Anblick in einem solchen Zustand der Erregung, das Hören dieser Geräusche, auch bei mir Begehren geweckt, doch ich bin vor ein paar Minuten fertig geworden und seine Umarmung ist mir eher lästig. Außerdem verändern sich gerade die Regeln der Begierde. *Je vais jouir, attends-moi un moment, embrasse moi.* Gib mir deine Zunge. Die Bewegungen erscheinen mir grob und das Bestreben selbstsüchtig. Michel, auf sich fixiert, nur auf seine Lust ausgerichtet; wenn er sich an mich drückt und an mir reibt, dann weil er die Berührung braucht, um schneller zu kommen. Er küsst mich, beißt mich, drückt mich, lechzt in meinem Mund nach Luft: Ich bin ein Werkzeug. Ich erkenne seine Umarmung nicht. *On a toujours besoin de quelqu'un.* Bei dieser Liebesszene, die kein Ende nimmt und verletzt, verstehe ich, dass wir ein gefährliches Spiel treiben. Vielleicht war es von Anfang an so, und ich habe es nur nicht gemerkt. Panik löst den Widerwillen ab. Ich unterbreche die Zärtlichkeiten, schiebe ihn eher schroff weg, stehe auf und gehe ins Bad, wo ich lange unter der Dusche bleibe. Ich muss mich reinigen. Als ich ins Zimmer zurückkomme, hat Michel immer noch einen Steifen, aber er hat es aufgegeben, fertig zu werden. Du hast mich auf halbem Weg verlassen, klagt er. Er liegt auf dem Rücken und raucht, die Beine gespreizt, die kräftigen, unbehaarten Schenkel heben sich von dem Laken ab wie die einer Statue aus feinstem Terrakotta. Auch wenn ich in diesem Zusammenhang von Marmor gesprochen habe, es stimmt nicht, sie haben nicht die Weiße des Marmors, nicht seine Kälte noch seine Härte. Sie sind einladend, fleischig, warm und schimmern rosig. Während ich mich abtrockne, denke ich, dass man diesen Körper unmöglich von seinem Schweiß trennen kann, noch von dem mit Gitanes geschwängerten Atem, noch von dem groben Zugriff eines Tiers, das Lust sucht, auch nicht von der Starrheit seiner lidlosen Augen, die mich bannen wollen. Ich kleide mich langsam an, ohne den Blick von dem Körper zu lösen, der mich gleichzeitig anzieht und abstößt.

Er nannte mich einen Egoisten. Wiederholte: Du hast mich auf halbem Weg stehen lassen. Ich aber dachte, es sei genau umgekehrt gewesen: Ich war es, der unter seinem Egoismus gelitten hatte, ich hatte mich wie ein Werkzeug gefühlt, das man benutzt, um ein vorgegebenes Ziel zu erreichen. Obwohl mir das dann schon egal war, ich hielt es nicht mehr für wichtig. *À Paris, chacun pour soi.*

Etwas später, als wir unseren Spaziergang im Zentrum machten und all die Leute auf der Place des Innocents sahen (der alte Friedhof mit der unheimlichen Aura, wo unsere Spaziergänge oft mündeten), wollte mir der Gedanke nicht aus dem Kopf, dass alle um uns herum, unabhängig von Nationalität, sozialer Stellung und Beruf, damit beschäftigt waren, ein Nest aus Fleisch zu finden, in das sie kriechen konnten, wenn die Nacht kam. *On aime d'être aimé.* Jemand, der ihnen süße, trügerische Worte sagte und ihre Körper bediente und sie der Lust zuführte. *On a besoin.* Heikle Opfer, schrieb ich in mein Heft, bevor ich einschlief. Und ich umarmte ihn heftig. Lass mich nicht allein, bat ich. Ein paar Tage lang umarmte ich ihn, penetrierte ihn und ließ mich von ihm penetrieren. Lernte, dass man vögeln konnte, nur um Rettung zu erbitten: Ich wollte mit der Sicherheit einschlafen, die mir das Gewicht seiner auf mir lastenden Beine gaben, in mir die Wärme spüren, die seine straffe, weiche Haut ausstrahlte. Nur seine breiten Handflächen und seine Finger waren rau und hart.

»Niemand hat den Tropfenzähler der Liebe in der Hand. Weder hast du es geschafft, dich zu entlieben, obwohl eure Geschichte schon dreißig Jahre zurückliegt, noch schaffe ich es, mich erneut zu verlieben, selbst wenn ich es mit aller Kraft wünschte«, sagte ich zu Jeanine, als sie, sich einmischend in das, was nur Michel und mich anging, kam, um mir zu sagen, dass er mich brauche und es nicht überstehen würde, wenn ich ihn verließe.

»Ich bin nicht in Michel verliebt«, wehrte sie sich zornig; sie war es, ich könnte schwören, dass sie es war, über dreißig Jahre lang hat sie ihn bewacht, ihn unter ihrem Netz gehalten, als erwarte sie, er werde eines Tages zu ihr zurückkehren und die flüchtige Romanze damals in Lecreux, als sie achtzehn waren, wieder aufnehmen. »Du kriegst alles durcheinander, was um dich herum geschieht. Du hast ihn behandelt wie etwas, das man nach Laune nehmen oder fallen lassen kann. Uns alle behandelst du mit diesem Mangel an Zuneigung. Für dich sind wir nur irgendwelche Leutchen. Michel tust du weh, denn er ist immer noch verliebt in dich, er hat immer noch Hoffnung, obwohl ich ihn von Anfang an gewarnt habe: Dieser Typ ist jung, pass auf. Er kommt nicht aus deiner Schicht, und du wirst ihn nicht halten können. Mit was schon. Aber er hat nicht auf mich gehört, und leider habe ich recht behalten, und er hat sich geirrt, auch wenn er das nicht zugibt.«

Ich erklärte Jeanine, wie sehr ich das bedauerte:

»Es tut mir leid, wirklich sehr, sehr leid.« Ich ließ die Arme in einer Geste der Erschöpfung fallen und sagte ihr, dass auch mich die Beziehung mitnehme: »Nur zu gerne wäre ich noch immer verliebt«, klagte ich.

Sie redete wieder auf mich ein: »Dann lass ihn in Frieden. Hau ab, verschwinde aus seinen Augen, zieh in eine andere Wohnung, verlass das Viertel.«

Ich fühlte mich angegriffen: »Und wer bist du, um so mit mir zu reden?«

SECHS

WIE HÄTTE MICHEL REAGIERT, wenn ich mir statt einer Wohnung im selben Block eine weit weg gemietet hätte, im Zentrum von Paris, oder, schlimmer noch, in einem fernen Vorortviertel, Dutzende von Kilometern entfernt? In diesem Fall stellte ich ihn mir beim Umsteigen vor, wie er nach der Arbeit Stunden in der Metro verbringt, um in meinem neuen Viertel herumzustreichen, wie er den Eingang des Gebäudes belauert, überwacht, ob ich jemanden mit in meine Wohnung nehme. Jetzt sah ich von meinem Appartement aus durch das Badfenster, das auf den Hof geht, sein Zimmerfenster und konnte nachts seine Bewegungen beobachten, wie man die Aufführung auf einer Theaterbühne betrachtet. In der Dunkelheit des Hofs hob sich das in schwaches gelbes Licht getauchte Bild ab, in dem sich eine stumme Szene mit einem einzigen Darsteller abspielte. Das machte ich manchmal: Ich schaltete das Licht im Bad aus und blieb dort im Halbdunkel auf dem Schemel sitzen, den ich sonst zum Anziehen der Schuhe benutzte. Wenn Michel das Zimmer verließ, in die Küche ging oder in das Hinterzimmer, blieb im Rahmen des Fensters ein

Stück Bett zurück, der Spiegel, das Möbel mit dem Fernseher und die drei Blumentöpfe, ein leeres Bühnenbild zwischen den Akten der allnächtlichen Vorstellung. Andere Male sah ich ihn im Morgengrauen zurückkehren und kurz darauf zur Arbeit aufbrechen, nachdem er sich gerade einmal Zeit fürs Duschen genommen hatte. Ich sah ihn vom Fenster umrahmt, wie er sich noch in der Unterhose die Haare trocknete, eins seiner karierten Hemden anzog – er trug nur karierte Hemden – oder die Kaffeetasse in der Hand hielt.

Uns beiden machte die Situation zu schaffen; doch, mir auch, denn all das gab mir das Gefühl, unfair zu sein: Weder verspürte ich die Kraft, zu ihm zurückzukehren, noch war ich in dieser Wohnung, von deren Rückfront ich den Hof und sein Zimmerfenster sah, im Stande, mich ein für alle Mal abzusetzen und mit dem zu beginnen, was die Psychologen – ich weiß nicht, ob auch beim Ende einer Liebesbeziehung – Trauerarbeit nennen, der Phase, die dem Vergessen vorausgeht oder der Erstellung einer Erinnerung, die nach Bonbon schmeckt, süße Melancholie der verlorenen Zeit. Ich hatte erneut Abenteuer gesucht, eines davon, mit einem Arbeitskollegen, war mehr oder weniger beständig. Obwohl ich anfangs dafür sorgte, dass er nicht in meine Wohnung kam, blieb er dann doch das eine oder andere Mal zum Schlafen da, wir aßen gemeinsam zu Abend, hörten Musik, und ich weiß nicht, ob Michel meinen Freund vielleicht mal gesehen hat, wenn dieser zum Helfen oder auf einen Schwatz in die Küche kam, während ich das Essen vorbereitete, oder wenn er sich im kleinen Badezimmer einschloss, das zum Hof ging und von dem aus ich Michels Fenster beobachtete.

Der September war anscheinend einer der heißesten des Jahrhunderts, das behaupteten zumindest die Fernsehnachrichten und die Zeitungen. Die Leute legten sich in den Parks aufs Gras oder setzten sich in die Straßencafés, kaum bekleidet mit einem Badeanzug, einer Mütze, Sandalen und Sonnenbrille; an der Pforte zum Herbst verwandelte sich die Stadt in ein verhärmtes Saint Tropez. Tagsüber war der Himmel weiß – Dunst und Feuer –, und nachts war es schwer, Schlaf zu finden. Drei Wochen lang verlor ich Michel aus dem Blick. Ich fuhr mit meinem Freund auf Urlaub in die Türkei (tatsächlich überdauerte die Freundschaft nicht einmal die Urlaubszeit). Zuletzt sah ich Michel immer mit Jaime zusammen, sie waren nun nach der Arbeit unzertrennlich. Ich hatte das Gefühl, dass mir Jaime nicht mehr so freundlich begegnete wie früher, doch mich beruhigte sein Zusammensein mit Michel. Ich dachte, er sei an seiner Seite sicher, zumindest halbwegs geschützt.

Als ich einmal mit Michel sprach, beklagte er sich über die kannibalische Stadt, die ihn jahrelang gefangen gehalten und gemästet hatte mit der Absicht, ihn zu verschlingen. Er sagte: Ich habe in einer Fernsehreportage gesehen, dass die Azteken es mit den spanischen Eroberern in Mexiko ähnlich hielten. Mästen, Kochen und Verspachteln. Mich könnte man schon tranchieren. Er erzählte, dass er aus Paris wegwolle: *Moi, je ne suis qu'un petit paysan normand,* sagte er und äußerte den unwahrscheinlichen Wunsch, einmal aufs Land zurückzukehren, aber nicht auf die grauen Felder der Normandie, sondern auf karge, lichttrunkene Felder, die er irgendwo in Spanien, Portugal oder Marokko verortete, trotz der *faiseurs de bons mots, les menteurs*, wie er uns olivfarbenen Menschen nannte, diese Leute aus dem Süden, die ihn angeblich nur verführt hatten, um ihn zu verlassen. Michel steht ihnen immer zur Verfügung, hat Verständnis für die Umstände – er war betrunken, schwadronierte wie ein fliegender Händler –, Michel kümmert sich, damit ihnen in der Fremde – das harte Los der Emigranten – nichts abgeht. Ist es so recht? Haben Sie es bequem, oder wollen Sie lieber auf der Wandseite des Betts liegen? Sagen Sie nur, bitte keine Scheu, sprechen Sie frei heraus: Möchten Sie lieber oben oder unten liegen? Ich weise nur darauf hin, ich bin einige Kilo schwer. Und klar, verzeihen Sie, aber ich vergaß zu fragen, mögen Sie die französischen Spirituosen? Sie wissen ja, wir sind ein zivilisiertes Volk, sogar verfeinert, würde ich sagen …

Michel, der sich in seiner abgewetzten Lederjacke einigelt, wenn er aus dem Metroausgang kommt oder nach der Arbeit aus dem Bus von Ivry steigt. Abends trinkt er allein im Café-Tabac, die Augen gerötet. Schon spät dann torkelt er durch den Regen und stößt mich mit dem Ellenbogen weg, wenn ich ihn vor dem Stürzen bewahren will. Seine spanischen Freunde, die sich im Café vor der RER-Station trafen, gaben mir Bescheid, dass er sie betrunken verlassen hatte, dann ging ich ihn suchen, und wenn ich ihn fand, blieb ich an seiner Seite, nahm ihn sanft um die Schultern, lehnte mein Gesicht an seins, redete leise auf ihn ein, und er machte sich steif, was willst du, sagte er, du kommst mich holen und weißt nicht, was du von mir willst. Er wurde laut, damit ihn die Umstehenden hörten: *Fous-moi la paix,* sagte er. *Laisse moi tranquille,* und bog rechts ab in Richtung auf die Bar dieses Riesen, der Bodyguard gewesen war und seine Kneipe erst spät zu schließen pflegte. Sobald er allein mit Michel an der Theke zurückblieb, ließ er die Metalljalousie herunter, und ich fühlte etwas, was ich zunächst eher der Wut als der Eifersucht zuschrieb, denn wenn Michel abstürzte, wusste, wer ihn kannte, dass man nun alles mit ihm anstellen konnte. Ich denke daran, und nicht einmal jetzt kann ich ertragen, was diese Worte – alles mit ihm anstellen – bedeuten.

Andere Male aber zeigte er sich zugeneigt, erzählte von seinen Abenteuern und machte sich selbst über all die Reinfälle lustig. Seitdem ich die gemeinsame Wohnung verlassen hatte, häuften sich wohl die Nächte, in denen er alles ausgab, was er bei sich hatte, ohne zu wissen, wie und wo, oder er verlor das Geld, oder es wurde ihm geklaut: Er nahm ein halbes Dutzend Taxis, kreuzte durch ganz Paris, auf der Suche nach irgendetwas, das nicht ganz klar war, denn ich glaube, es war nicht nur Sex, dem er nachspürte, wenn er den Taxifahrern die Adressen mehr oder weniger zwielichtiger Klubs und Bars in der Peripherie angab. Er ließ dann auch mal das Taxi plötzlich anhalten und blieb allein auf einem Brachfeld zurück oder auf dem Gehweg eines verschlammten und menschenleeren Boulevards. Er trällerte in seinem krausen Englisch: *Rainy night on Haussmann Boulevard,* erinnerst du dich? Ich erinnere mich nämlich an rein gar nichts, machte er sich lustig. Als ich zu mir kam, war ich in Belleville, lag mitten auf einer Straße, die ich nie im Leben betreten hatte: Weder weiß ich, wie ich dort hingeraten bin, noch, was ich getan habe, nicht einmal, ob ich mit jemandem zusammen war. Ich vermute ja, weil meine Hände nach Schwanz rochen.

Ich glaube, er erzählte mir das, weil er den Anfang des Fadens wiederfinden wollte, mit dem er mich durchs Labyrinth dieser seiner Projekte geführt hatte, die nun in sich zusammengefallen waren. Zurück zum Anfang, den Rückwärtsgang in der Zeit einlegen, der Zug soll zum Abfahrtsbahnhof zurückkehren, und die Weichen sollen ihn auf anderen Schienen zu einer anderen Station des Schicksals bringen. Seine absurden Wanderungen. Wenn er frühmorgens schlammverschmiert zurückkam, gerade noch rechtzeitig, um sich vor dem Aufbruch zur Arbeit zu waschen. Manchmal sah ich ihn, wie er im Regen unten im Hof damit kämpfte, den Schlüssel ins Schloss zu bekommen. Ich habe nie diese finale Gestalt ausstehen können, die sich seiner allmählich bemächtigte und auf die in den Anfangszeiten nichts hingedeutet hatte. Wie Jeanine bat, wünschte auch ich, dass dies alles so schnell wie möglich ein Ende nahm. Und dennoch war ich jedes Mal eifersüchtig, wenn er mit jemandem in der Bar zurückblieb. Es störte mich, dass andere weiterhin Lust auf etwas hatten, was mir inzwischen widerstand. Ich bemühte mich, ihn von der unvorteilhaftesten Seite zu sehen, ein verwahrloster Pechvogel, ein älterer Mann, dessen Kraft verfällt und dessen Muskeln sich in Fett auflösen. Doch es gelang mir nicht, diese pessimistische Lesart, die ich mir selbst erzählte, zu glauben; nachts bemächtigte sich seine Gegenwart meiner, oder umgekehrt, seine Abwesenheit wurde zur Last. Ich hielt die Vision seines Körpers zwischen den Beinen eines anderen nicht aus, extrem krude Bilder überfielen mich, wie er da andere penetrierte oder von ihnen penetriert wurde. Ich meinte, sein Stöhnen zu hören, den heiseren Zusammenbruch, den ich so gut kannte. Wenn diese Bilder mich spät in der Nacht heimsuchten, wenn ich diese Geräusche wiederbelebte, richtete ich mich im Bett auf, fühlte Stiche in der Brust und hatte Mühe beim Atmen. Ich wollte, dass er weiter mir gehörte, und wollte zugleich außerhalb seiner Reichweite sein. Mein Verlangen wurde neu entfacht, wenn ich dachte, dass andere etwas von ihm bekamen, das mir gehört hatte. Seit Monaten hatte er nicht mit mir gelacht, doch ich sah, wie er in der Bar mit anderen lachte, mit Männern in meinem Alter oder noch jüngeren. Nachts, schon sehr spät, schaltete ich das Licht im Zimmer an und schaute auf die Uhr, es war kurz vor drei Uhr morgens. Ich dachte, er könnte zu dieser Zeit mit jemandem zusammen sein, und dieser Gedanke nahm mir den Schlaf. Es schmerzte mich, dass er für die anderen immer noch attraktiv war. Ich ertrug nicht, dass er seine Lust an andere vergab, verschmähte jedoch zugleich jene, die er mir anbot, dem Mann, für den er zweifellos auf alle anderen verzichtet hätte. Und diese Verwirrung der Gefühle war zugleich inkonsistent und schmerzhaft. An manchen Abenden suchte ich ihn in der Bar. Traf ich ihn dort an, ging er mir aus dem Weg:

Was willst du von mir, du suchst mich und weißt nicht, was du willst. Ich hatte den Eindruck, etwas Ähnliches wie ich müssen jene Emigranten empfunden haben, die ihm nie erzählt hatten, dass sie verheiratet waren – Antonio, Ahmed –, und ihn verließen, um zu ihrer Familie zurückzukehren. Die Geschichten, die mir Jeanine erzählt hatte.

Er zeigte sich zufrieden, als er mir, der ich vom Urlaub zurück war, in der Bar der Marokkaner erzählte, sein neuer Freund sei Ire. Etwas rothaarig und voller Sommersprossen, sagte er. *C'est fini les bruns. Le sud. Ça ne vaut rien du tout.* Mit *ça* meinte er *l'ordure*, den Abschaum, der Frankreich überflutete: Mich, seine einstigen portugiesischen, spanischen, marokkanischen Liebhaber. Seinen neuen Freund hatte er in den Pissoirs der Gare de Saint-Lazare kennengelernt (*J'ai changé la Gare d'Austerlitz pour la Gare Saint-Lazare. Au revoir le sud, bienvenu le nord),* und er erklärte mir ausführlich, der sei ein sanfter Typ, fügsam und passiv, und nicht einer dieser verkrampften spanischen, portugiesischen oder marokkanischen Machos. Als Rache hielt er sich damit auf, mir auszumalen, was sie im Bett trieben. Er warf mir vor, dass ich schon am Anfang unserer Beziehung den Gebrauch von Kondomen eingefordert hatte. Du hast dich nie ausgeliefert, klagte er mich an, man kann nicht Angst haben vor der Person, die man liebt. Das ist beschämend, ich würde sogar sagen, unsittlich. Ich empfahl ihm, kein Idiot zu sein, er solle wieder *la capote*, so nannte er das Kondom, benutzen. Ich hab mich in meinem Leben schon um genug Dinge gesorgt, die es nicht wert waren, erwiderte er. Wenige Wochen danach, wieder in der Bar der Marokkaner, sagte er mir, er habe mit dem Iren Schluss gemacht. Dieselbe Scheiße im Norden wie im Süden, meinte er. Drei oder vier Monate später kam er wegen einer Lungenentzündung zum ersten Mal ins Hôpital Saint-Louis.

Zu jener Zeit hatten wir uns aus den Augen verloren, ich ging kaum noch in die Bars des Viertels, und als ich bemerkte, dass er seit mehreren Tagen nicht mehr im Haus aufgetaucht war, fühlte ich sogar Erleichterung. Endlich begann die wirkliche Trennung, die Zeit der Trauer, wie sie die Psychologen fordern. Ich dachte, er sei in Urlaub gefahren oder auf Besuch bei seiner Mutter, oder er halte sich bei irgendeinem Liebhaber auf, doch dann rief Jaime an, erzählte mir, dass er im Krankenhaus lag und ihn gebeten habe, mir zu sagen, er würde mich gerne sehen. Tatsächlich hatte er die letzten Male, die ich ihn sah, sehr schlecht ausgesehen, er hatte abgenommen, und die Augen waren eingesunken und hatten an Glanz verloren. Er begann, nach einem anderen auszusehen. Er blieb über eine Woche stationär. Das war sein erster Krankenhausaufenthalt. Von da an folgte eine Einweisung auf die andere, bis er ohne Entlassungsdatum aufgenommen wurde. Man holte ihn heraus, um ihn nach Ruan zu bringen, in ein Hospital für hoffnungslose Fälle, wenn ich recht verstanden hatte, wo er vor ein paar Tagen gestorben ist, wie mir Jaime in dem Brief mitteilt, der mich heute Morgen erreichte und die ganze Abneigung gegen mich verströmt, die ich schon in den vergangenen Monaten gespürt hatte: Mit seinen Worten schmäht er meine Rolle in dieser traurigen Geschichte, an die sich in Kürze keiner mehr erinnern wird, die aber Teil meines Lebens ist. Bei der Verteilung der Rollen ist die des Seelenfreunds, der zur Seite steht, stets komfortabler als die des einstigen Liebhabers, der verlässt. Ich weiß, das ist so, aber ich weiß nicht, ob ich mich damit zufrieden gebe.

Es ist wahr, in Ruan habe ich Michel nur einmal besucht. Ich tat es, nachdem mein Leben eine unerwartete Wendung genommen hatte: Mein Agent teilte mir mit, die Ausstellung, die in drei Monaten in der renommierten Galerie der Rue de Téhéran stattfinden sollte, sei verschoben worden (ich entzifferte: abgesagt). Wie er sagte, seien gewisse Probleme aufgetreten, die ich nicht verstand und die mich auch nicht interessierten. Lügen. Es war auf eine idiotische Weise offensichtlich: Ich hatte mich von einem Betrüger einwickeln lassen, der in der Stunde der Abrechnung behauptete, er habe eine Reihe meiner Bilder und zahlreiche Zeichnungen verloren (vielmehr unerlaubt verkauft; will heißen, geklaut), während er mich mit dem Ausstellungsprojekt beschäftigt hatte, von dem er von Anfang an wusste, dass es nie realisiert werden würde. Am selben Tag noch begann ich meine Rückkehr nach Madrid vorzubereiten. Es ergab keinen Sinn, in dem Zeichenstudio von Cormal zu verbleiben, unsichtbar in einer Gruppe von Zeichnern und Sklave von einem halben Dutzend hochmütiger Designer, auf einer Stelle, die so gut wie keine Aufstiegsmöglichkeiten bot. Hier in Madrid kann ich mit den Mieteinnahmen rechnen, die mein Vater mir übertragen hat, außerdem arbeite ich ein paar Stunden am Tag in seiner Firma und widme die übrige Zeit der Malerei. In Bernardos Wohnung habe ich dafür zwei lichtdurchflutete Zimmer zur Verfügung.

An dem Tag, als ich nach Ruan fuhr, um Michel meinen Entschluss, nach Spanien zurückzukehren, mitzuteilen, witzelte er, quälte sich, die mit Schwären bedeckten Lippen verziehend, ein Lachen ab, erzählte mir mit seiner Stimme einer erkälteten alten Frau drei oder vier lustige Anekdoten, pikanten Klatsch aus der Fabrik oder der Nachbarschaft in Vincennes, den er wöchentlich von Jaime übermittelt bekam, und eine Reihe makabrer Witze, die sich auf die Krankheit oder auf Geschehnisse im Hospital bezogen. Er lachte, als er mir erzählte, dass, wo er nun bereits mit mehr als dem halben Körper im Jenseits sei, die untere Hälfte offensichtlich noch auf der Erde weile, denn – das sagte er kichernd – obwohl ich mich kaum noch bewegen kann, kriege ich ihn noch hoch und wichse. Nichts davon im Augenblick des Abschieds. Sobald ich sagte, es sei Zeit, ich müsse nun aufbrechen, um nicht den letzten Zug nach Paris zu verpassen, hörten die Scherze abrupt auf. Unversehens, in einer blitzschnellen Bewegung, streckte er die Arme nach mir aus und klammerte sich mit einer für diesen ausgezehrten Körper unvorstellbaren Kraft an meinen Hals. Lass mich nicht hier, wimmerte er. Hol mich raus. Er drückte sein Gesicht an meines, und seine Tränen liefen über meine Wange und meinen Hals. Ich muss gehen, Michel, stammelte ich. Wir reden ein andermal darüber, in aller Ruhe. Gefangen in seinen Armen, nass von seinen Tränen und seinem Rotz, erfasste mich eine ungeheure Beklemmung.

Verlass mich nicht, flehte er. Er tat mir weh, schlug mir die Nägel in den Rücken. Ich verpasse den letzten Zug, wiederholte ich. Um mich zu befreien, blieb mir nichts anderes übrig, als gewaltsam seine in meine Schultern gekrallten Finger zu entfernen und seine Arme kräftig nach oben zu ziehen. Ich muss gehen, wiederholte ich mehrmals in sanftem Ton, wie um die schroffe Geste zu entschuldigen, mit der ich ihn weggestoßen hatte. Und ich insistierte: Ich komme zurück, und wir werden einen Weg finden, damit du mit mir nach Spanien kommst und dich dort eine Weile ausruhen kannst. So machen wir es. Einen Augenblick lang zappelten seine Arme und Beine, fleischlos wie die Beine eines Insekts; dann blieb er reglos liegen, ließ den Kopf auf das Kissen fallen und begann, stoßweise zu schluchzen; in wenigen Sekunden wurde aus dem Schluchzen eine dauernde Wehklage, die, immer lauter werdend, das Zimmer erfüllte und mich durch die Gänge des Hospitals verfolgte, während ich Richtung Ausgang lief.

Valverde de Burguillos, Oktober 1996 –
Beniarbeig, Mai 2015

Die Texte erschienen unter dem Originaltitel »Paris – Austerlitz«
2016 bei Editorial Anagrama, Barcelona.

*Die Veröffentlichung dieses Buches erfolgte
mit freundlicher Unterstützung des
Ministerio de Educatión, Cultura y Deporte de España.*

MIX
Papier aus verantwortungsvollen Quellen
FSC® C014496

Verlagsgruppe Random House FSC® N001967

1. Auflage
Genehmigte Taschenbuchausgabe Juni 2018
by btb Verlag in der Verlagsgruppe Random House GmbH,
Neumarkter Str. 28, 81673 München

Covergestaltung: semper smile, München nach einem Entwurf
von Michel Keller, München.
Covermotiv: © LAIF.
Druck und Einband: GGP Media GmbH, Pößneck
mr · Herstellung: sc
Printed in Germany
ISBN 978-3-442-71617-3

www.btb-verlag.de
www.facebook.com/btbverlag